JN127032

左遷でしたら喜んで！

王宮魔術師の第二の人生は のんびり、もふもふ、ときどきキノコ？

2

AUTHOR
みずうし

ILLUST.
はらけんし

Sasen deshitara Yorokonde!

主な登場人物
ラウラ
最強の王宮騎士《ロイヤルナイト》……だったのに、呪いのせいで実力が発揮できなくなり左遷された。生活力皆無。
ニコラ
幽霊屋敷の家精霊《ボガート》。家事全般が得意で世話焼き。
ドーマ
魔術学園の元首席魔術師。王宮に勤めていたが、上司に頭突きしたことで左遷されてしまう。
サーシャ
帝国の皇女。ドーマに好意を持っている。最近は少し怠け気味。
ノコ
キノコの妖精。弱い相手には強く出るが、強い相手にはへりくだる。
イフ
伝説の【白虎】。戦えば強いし、触るともふもふ。

フローラ
美しいエルフの魔術師。ちょっぴり(?)抜けているところも……
ミコット
ある噂を聞きつけ、辺境までやってきた魔族狩り執行官補佐。かなりの食いしん坊。
シャーレ
『武帝』の二つ名を持つ王宮騎士。戦闘能力はラウラより上!?

1

俺、ドーマは辺境《へんきょう》の村、ローデシナの森の中を歩いていた。

革《かわ》のブーツが落ち葉を砕《くだ》く心地よい音が辺りに響《ひび》く。

今は秋の終わり頃である。森の色は鮮《あざ》やかな緑から赤と黄へと変わり、ところどころ葉が落ちた木も目立つようになってきた。

美しい自然の移り変わりを感じながら、俺はローデシナでの日々を思い返していた。

ローデシナに引っ越してきたのは夏の頃。それまでは王宮魔術師《ロイヤルマジシャン》として王都で働いていた俺だったが、上司に頭突きをかましたせいでここに左遷《させん》されたのだ。

それからの俺を待っていたのは、念願《ねんがん》のスローライフだった。なりゆきで一緒に暮《く》らすことになった王宮騎士《ロイヤルナイト》のラウラ、家精霊《ボガート》のニコラ、白虎《びゃっこ》のイフ、キノコの妖精《ようせい》であるノコ、帝国皇女のサーシャと彼女のお世話係のナターリャという同居人たち。そして村人たちと交流しながら魔術の研究に励《はげ》む日々は最高の一言に尽きる。

とはいえなんの問題も起きなかったわけではない。少し前にローデシナは襲撃《しゅうげき》を受けた。それを主導《しゅどう》していたのは、俺を恨《うら》む魔術学園時代の同級生であり、死霊術《しりょうじゅつ》を操《あやつ》るビルズムと、変幻魔術《へんげんまじゅつ》を使うゼダンという男だ。

彼らは村のならず者を利用してローデシナを乗っ取ろうとしていた。

とはいえみんなの協力もあって、それを返り討《う》ちにしてやったのだが。

そんなわけで、ローデシナは徐々に平穏《へいおん》な日常を取り戻していた。

ならず者たちも更生して村の復旧に一役《ひとやく》買っている。

だからこそ今もこうしてのんびりと秋の森を歩けているというわけだ。

葉が落ち始めた木々の間を縫《ぬ》って吹く冷たい風に、隣《となり》を歩くイフは体をブルっと震《ふる》わせる。

イフの身震いに反応して、俺たちの前方を行くチンピラ風の男、グロッツォことグロッツォミェントがこちらを振り向いた。

「なあ、帰りません？　こんなクソみたいな場所で彷徨《さまよ》うなんてごめんですぜ？」

そんなグロッツォの言葉に対して、彼の隣を歩く灰色の長い髪《かみ》と髭《ひげ》をたくわえたいぶし銀の男、クラウスの返事はそっけない。

「じゃあ一人で帰れ」

「じょ、冗談ですよ。へへ……」

クラウスは元々【戦技《せんぎ》のクラウス】と呼ばれ、王国では英雄扱いされるほどの戦士だった。しかし失明したことが原因でローデシナに左遷され、今では『毒《どく》の沼《ぬま》』という危険地帯の管理人をしながら村の冒険者たちの面倒を見ている。

ちなみにグロッツォはかつてならず者の一人だったが、現在はクラウスの子分の一人のような感じだ。

そんな二人と一匹とともに俺は今、あるものを探して見回りをしている。

「……ごほん、まあ存在自体が眉唾《まゆつば》ものですからね。ラミアなんて」

俺がそう呟《つぶや》くと、クラウスは目を細める。

「だが事前に芽《め》を摘《つ》むのが俺たちの役割だろう。たとえ面倒でもな」

「へへへ、まあやりますか」

ラミアは石化の呪《のろ》いを使う、上半身が人の女、下半身が蛇《へび》の姿をした伝説上の魔族だ。

ローデシナの猟師《りょうし》がラミアを見つけたという報告が、村の冒険者ギルドにいくつも上がってきた。

しかしギルドは、その実態調査を俺とクラウスに丸投げしてきたのである。

そんなわけで今日も丸一日かけてクラウスたちと見回りをしなければならない。

襲撃者を撃退して以来、村人の信用を得たのはいいのだが、以前にも増して頼み事をされるようになっている気がする。俺はペラッペラの都会の人間関係から、ガチガチのムラシャカイに投げ込まれたことに対してクゥンと泣きたい気分だ。

まあ家にいるのは女性ばかりなので、たまにはむさ苦しい男の空間もいいか。

クラウスの上腕二頭筋《じょうわんにとうきん》を見て心をときめかせていると、グロッツォが話しかけてくる。

「なあドーマ、本当にラミアに出くわしたらどうするんだ？」

「どうするって……場合によっては討伐《とうばつ》しなきゃならないでしょうね」

俺の回答にグロッツォは体を震わせる。

「戦うのか？　あのラミアと？」

「怖いんですか？」

「バ、バーロー！　こ、怖いわけねぇだろ！」

怖いんじゃないですか。

そう言おうとしたのだが、その前にグロッツォは「いいコトを教えてやるよ……」と肩に腕を回してくる。

暑苦しくて、俺は思わず眉を顰めた。

むさ苦しいのが良いと言ったな。アレは嘘《うそ》だ。

「いいか？　ラミアは恐ろしい化け物さ。なんでも一目見た途端《とたん》、石にされちまうんだとよ。だから誰も近付けやしないってワケさ」

グロッツォの言葉に対して、俺は疑問を投げかける。

「……じゃあなんで恐ろしい姿だと知られているんですか？」

「…………ほんまや！」

どんだけ思慮《しりょ》が浅いんだよ……

見ただけで石化するなんて、ぶっ壊《こわ》れ能力すぎる。そんな奴がいてたまるか。

まあ、世の中にはキノコを操ってあらゆる生物を養分にするようなヤベェ妖精もいるが……

ウチに住むワガママキノコ――ノコをふと思い出した、その時。

イフが低い唸《うな》り声を上げる。

すると前方を歩いていたクラウスが人差し指を口元に当て、身をかがめてこちらに手のひらを向けた。声を上げずに止まれという合図である。

ビクビクと周囲を見回すグロッツォをその場に座らせてから目を凝《こ》らすと、魔力が歪《ゆが》んでいるのがわかる。

呼吸すら躊躇《ためら》うほどの静寂《せいじゃく》に、カサカサという落ち葉が擦《す》れる音だけが響く。

クラウスがゆっくり手招《てまね》きしながら進んだので、音を立てぬよう後ろをついていく。

「飛竜だ」

そう言ってクラウスが指差した先にいたのはラミアではなく、羽を休ませ、捕らえたばかりであろうイノシシを貪《むさぼ》る灰色の竜だった。

哀《あわ》れなイノシシ……

だがこのまま竜を放置しておくと、次に捕食されるのが村人になってしまいかねない。

であればここで討伐しておかなければなるまい。

「行くぞ！」

「はいっ！」

力強いクラウスの声に俺は応《こた》える。

クラウスはわざと落ち葉を蹴《け》散《ち》らし、飛竜の注意を引いた。

竜は食事を邪魔《じゃま》されたことに苛立ち、咆哮《ほうこう》を上げる。その目には灰髭の戦士しか映っていない。

一人が囮《おとり》となり、もう一人が死角から攻撃する——簡単な陽動《ようどう》作戦だ。

「『風鋭刃《ふうえいじん》』！」

俺は三層式連立魔法陣《さんそうしきれんりつまほうじん》を発動する。連立魔法陣とは魔法陣を複数組み合わせてより高度な魔術を生み出す技術である。俺が今使った魔術は三層――つまり、三つしか魔法陣を組み合わせていない。そのため威力は低いが、飛竜の翼《つばさ》を傷《きず》つけるには十分だった。

「ギュルルルラララ!!」

緑色の血を流し、飛行能力を削《そ》がれた飛竜は苦しそうな声を上げて俺を睨むと、翼をはためかせ、落ち葉を舞《ま》い上がらせる。

視界を遮《さえぎ》ったつもりなのだろう。確かに俺は飛竜を視認できなくなった。

だがこの場には視覚に頼らず敵を感知する者がいる。クラウスだ。

彼は盲目であるが故《ゆえ》にそれ以外の感覚が研《と》ぎ澄《す》まされているのである。

「ふんっ!」

クラウスが落ち葉ごと飛竜の体を刺《さ》し貫《つらぬ》く。

だが、緑色の血をドクドクと流しながらも、飛竜は力任せにクラウスを振り払った。

「うおっ」と声を上げながらこちらに投げ飛ばされてきたクラウスを、俺は風を纏《まと》わせた腕で衝撃を殺しつつ乳母《うば》が赤子にそうするように優しく抱きとめる。

するとクラウスは気持ち悪そうな顔を浮かべた。ひどい!

「む、逃《に》げたぞ」

クラウスは俺の腕から脱出し、そう声を発した。

クラウスとイチャイチャしている間に、飛竜はグロッツォに向かって猛烈《もうれつ》な勢いで駆《か》けていた。

「グロッツォ！　トドメを刺せ！」

クラウスがそう叫んだが、グロッツォは剣を放り出して突進を避《よ》けてしまった。

飛竜はそのまま木に頭から突っ込み、気絶する。

結局、クラウスが飛竜の首を落とすことで戦いは終わった。

落ち葉まみれのグロッツォを助け起こすと、彼はバツの悪そうな顔をしていた。

クラウスは腹立ち紛《まぎ》れに、剣を地面に放り投げた。

「グロッツォ、何故トドメを刺さない？」

「あんなのに立ち向かったら、死にますって！」

おっ、珍《めずら》しくグロッツォがクラウスに反論したぞ。

まあ飛竜はデカいからな。人の三倍はある巨人の、そのまた三倍も大きいのだ。迫力だって半端《はんぱ》じゃない。

幼少期に師匠に古竜十体斬《ぎ》りをやらされていなければ、俺も必殺奥義《ひっさつおうぎ》・全力土下座を繰《く》り出した上で飛竜に易々《やすやす》と殺されていたことだろう。

ああ、師匠に祝福《しゅくふく》を！

「飛竜は死にかけだった。お前の実力ならやれたはずだ。なあドーマ」

俺の方を見るクラウスに、無責任な返事をする。

「え？　ああ、まあグロッツォならサクッと一刀両断できましたよね」

「んなわけねえだろ！」

グロッツォは叫びながら主張した。

まぁ気持ちはわかる。飛竜の突進なんて怖いに決まっているからな。

だがグロッツォは死にかけた飛竜にプチンとやられるほど、弱いわけではない。

クラウスもそれをわかっているから、こうして強く言うのだろう。

彼は真剣な表情でグロッツォを見つめた。

「グロッツォ。もっと死ぬ気でやれ。お前に足りないのは――」

「いやいや、クラウスさん。俺は超人じゃないんすよ」

そう言いながらグロッツォは自嘲《じちょう》気味に笑った。

彼はクラウス、俺、イフを順番に見つめる。まるで自身と俺たちを比較するように。

「元将軍の【戦技のクラウス】に、【王宮魔術師ドーマ】、そして【伝説の白虎】……それに比べて俺はただのチンピラなんですよ!?」

「自分で言うんですね……」

確かに、俺らと比べてグロッツォの実力は劣《おと》る。クラウスは剣術がピカイチだし、イフは魔術も使えて力持ち、俺だって土下座が得意だ。

とはいえ、グロッツォだって冒険者の中では強い方だ。

「俺はあんたたちとは違うんですよ。俺は普通の人間でね。死ぬのも怪我《けが》するのもごめんなんす」

そう言ってそっぽを向くグロッツォに対して、クラウスは何も言わない。

重苦しい沈黙《ちんもく》が流れる。

「ま、まあ今日はこの辺にしときましょうか！」

俺がそう努《つと》めて明るい声を出しても、二人は反応してくれない。

ど、どうするんだよこの空気！

結局、その日はラミアを見つけられぬまま帰路《きろ》についた。

ちなみに帰り道はハチャメチャに気まずかった。

☆

ローデシナ村に位置するゴーストヒル。その丘に佇《たたず》む洋館が、ドーマ一行の住《す》み家《か》である。そんな洋館内の大浴場に三人の女性の声が反響する。

「……で、ラウラったらせっかく私が服を選んであげてるのに寝てるのよ？　ひどくないかしら？」

不満げにそう文句を言うのは、かの帝国皇女アレクサンドラ――通称サーシャだ。

王宮で暮らしていた彼女だったが、思いを寄せ『先生』と呼ぶドーマを追いかけて、彼の暮らす洋館にお世話係のナターリャとともに転がり込んできたのだ。

「サーシャのはなしはながい」

湯船《ゆぶね》に浮かぶラウラは極楽そうに目を細め、小さい声でそう反論した。

彼女は呪いの影響で魔力が使えなくなり、ローデシナに左遷された王宮騎士である。とはいえドーマがその呪いを解いたため、今はすっかり本調子だ。

自分一人ではお風呂すら入れないほどの生活力の低さは変わらないが。

「長くないわよ！　先生の研究の話よりはね！」

「まあまあ、落ち着くのですよ」

いきり立つサーシャをボガートのニコラがなだめた。

以前は亡《な》くなった主人を待ち、洋館を守り続ける悪霊《あくりょう》のような存在だったニコラだが、ドーマを新たな主人と認めてからは、彼とその周りの人々に奉仕《ほうし》するのを生きがいとしていた。

ニコラが口論の仲裁をしながらも慎重《しんちょう》に布で擦《こす》っているのは、サーシャの白くきめ細かい背中だ。

未開拓の雪原のように白く透き通り、なおかつ肉付きもほど良い――そんな彼女の体は、同性のニコラからしても艶《なま》めかしく映る。

一方、先ほどニコラが全身を洗ったラウラは一見ひ弱な小動物を思わせるが、その実《じつ》圧倒的な体幹と引き締まった筋肉を持つ。

これほどまでに素晴らしい体を洗えることに、ニコラはメイドとしての喜びを感じる。

（ああ、ニコラ、生きてて良かったのです）

そう考えながら、ニコラは手をワキワキさせた。

そして石鹸《せっけん》を泡《あわ》立て、サーシャの肌に触《ふ》れる。

「ひゃっ、ちょっと、どこ触ってるのよ」

怪《あや》しげな手つきにサーシャは思わず声を上げた。

しかしニコラの手は止まらない。

「このマッサージには血流改善の効果があるのですよ？」

「別にそんなこと頼んでないんだけど？」

サーシャが怪訝《けげん》そうな表情で手を振り払おうとするので、ニコラは笑みを浮かべながら囁《ささや》く。

「ニコラは知っているのですよ。サーシャ様が時々ご主人様のベッドにこっそり寝転がっていることを……そして匂いを……それをバラされても？」

サーシャは顔を真っ赤にする。

「は!?　本気で言ってる？」

「マジなのです」

「……」

ニコラが発する圧力に、サーシャは観念《かんねん》した。

そしてラウラがぼーっとお湯のゆらぎを観察している背後で、しばらくの間メイド必殺のマッサージを受けた皇女の悲鳴が響くのだった。


「ひ、ひどい目にあったわ……」

サーシャはげんなりしながらラウラの隣に身を沈める。

ラウラは、サーシャに聞く。

「ドーマ、もうすぐ帰ってくる？」

「さあ？　依頼次第じゃないかしら」

先日の襲撃事件の解決を手伝ったことで大きく株《かぶ》を上げた王宮魔術師のドーマは、しばらく忙《いそが》しそうにしていた。

村人の頼みを聞き、魔術研究の論文を書き、家畜《かちく》の世話をして、魔物を討伐する。やることは盛りだくさんだ。

今回もラミアの対応に駆り出され、数日家を空《あ》けている。

ラウラは水面に口をつけるとぶくぶくと泡を立てる。ここ数日、何かが物足りない。そんな不満を表出しているのだ。

サーシャとてローデシナでの暮らしは思い描いていたものとは少し違っていた。『愛《いと》しの先生と一つ屋根の下、ドキドキ!? 共同生活！』のような甘い展開を夢見ていたのに、実際に待っていたのは家で帰りを待つ寂《さび》しい主婦のような生活だったのだから。

結果ついついお菓子に手を伸ばし、ゴロゴロと寝転び、ダラダラする日々を送り、気が付いた時には贅肉《ぜいにく》が腹に付いてしまい――

「……全部ニコラのせいよ！」

サーシャの突然の叫びにニコラは肩を震わせる。

「な、何の話なのです!?」

「ニコラが……あまりに美味《おい》しいから……」

「語弊《ごへい》のある言い方はやめてほしいのです」

サーシャが帝国にいた頃は食事の時間も量も徹底的に管理されていたから、太ることなんてなかった。

だがローデシナに来てからは、ご飯が美味しいだけでなく、夜遅くまで起きているとニコラが夜食まで持ってきてくれる。

太ってしまうのも無理のない話だ。

「ニコラのごはんはおいしい」

サーシャはそう口にしたラウラの体に、ジト目を向ける。

「……ラウラは、私より食べてるわよね？」

なのにおかしいとサーシャは思った。

ラウラはちんまりした体に似合わぬ大食いだ。それなのにその体は見事に引き締まっている。

彼女との差にショックを受けながらも原因を探《さぐ》るべく、サーシャは己の生活を振り返る。

（午前は庭でイフと遊んで、午後の数時間は先生から魔術指南《しなん》を受けている。そのあとはまあ、おやつを食べたり昼寝したりしていて……あれ？　思ったより何もしてないわね）

サーシャはハッとした。

そして、ラウラの生活を模倣《もほう》することを思いつく。

「ラウラ、明日から私も鍛錬《たんれん》に付き合っていいかしら？」

「ん」

ラウラはコクリと頷いた。サーシャは拳《こぶし》を握《にぎ》る。

（まずは完璧《かんぺき》なボディを手に入れてやろうじゃない！）

こうして、サーシャのラウラ模倣計画は始まった。

ローデシナでは夜が明けると、一回鐘《かね》が鳴る。

それによって、農業従事者や狩猟《しゅりょう》を行う者たちが起床するのだ。

ラウラが目を覚《さ》ますのも、その時間である。

音が聞こえる僅か〇・一秒前に目を開け、体を起こす。

ベッドを出てから寝間着のまま大浴場へ向かい、どこからか現れたニコラに全身を洗われ保湿される。そして動きやすい服装に着替えて庭に出て、訓練を開始。

それがラウラの体に染み付いたモーニングルーティンなのだ。

だが、今日はいつもと違うことが一つある。それは玄関先にサーシャが待っているということだ。

「ラウラ、じゃあお願いするわ」

サーシャの気合の入った声に、ラウラは頷く。

いつも一人でやる訓練を、二人で。

ラウラはその事実に普段より心が躍《おど》るのを感じ、ふんすと息巻いた。

騎士の訓練はランニングから始まる。

ひんやりとした風を切りながら走る快感は、夏の空の下では決して味わえない、この季節のランニングの醍醐味《だいごみ》だ。

もっとも、それを感じる余裕がサーシャにあるのかという問題はあるが。

「はぁ……はぁ……ちょっ……と、速くない？」

決まったコースを走り終えたあとで、サーシャは息も絶え絶えにラウラにそう言った。その額《ひたい》には大粒《おおつぶ》の汗《あせ》が浮かんでいる。

ラウラにしては随分《ずいぶん》ゆっくりなペースではあったものの、運動不足のサーシャにはかなりのハイペースだったというわけだ。

「そう？　あ、でも、サーシャは……重そうだから」

サーシャと己の胸部《きょうぶ》を見比べて、ラウラは言う。

運動には不向きだと思ったのである。

「絶対……ハァ……そういうことじゃ……ないわよ」

サーシャはそう言う他なかった。

ラウラは首を傾《かし》げつつもさっさと次のトレーニングの準備を始める。


「次はこれ」

そう言ってラウラは事前に用意していた袋から、特製の重《おも》りを取り出して地面に置いた。これから始まるのは、重りを使って行う筋トレである。

サーシャは重りに手をかけるが――

「え……？　重すぎて持ち上がらないんだけど」

「なんじゃく」

愕然《がくぜん》とするサーシャを他所《よそ》にラウラはそう言うと、ひょいと重りを持ち上げ、飄々《ひょうひょう》と筋肉を鍛《きた》え始める。

見た目は細くしなやかで、か弱そうな少女が、地面にめり込むほどの重りを軽々と持ち上げた――その事実にサーシャはまたも愕然とした。

(どうやって訓練すればこうなるのよ)

サーシャは小さな背を見ながら、そう心の中で呟いた。

結局彼女がまともに参加できたのは素振《すぶ》りぐらいだった。

木剣《ぼっけん》を振り上げ、下ろす。ただそれだけだったら非力な皇女にだって数回はできる。数回は。

結局素振りすら途中で断念したサーシャは木陰からラウラを見守ることにした。

「……やっぱり、人には人のやり方があるわよね!」

無心に素振りを繰り返すラウラを眺《なが》めながら、サーシャは自分に言い聞かせるようにそう言った。

こうしてラウラ模倣計画は一日で頓挫《とんざ》したのである。

☆

俺、ドーマは家畜を解体して保存するための部屋――保存室を訪れていた。

先日のラミア探しは飛竜が出たことで、むしろそっちと遭遇する方が危険だろうという結論になり一時中断となった。

風が次第に冷たくなり、冬将軍の到来を予感させるこの頃だ。

せっかく空いた時間はうちの冬支度——つまり、家畜を保存食にするのに充《あ》てようと思い至ったのである。

うちでは野菜や家畜を自前で育てているからな。

「ウーさんにブーちゃん、ニコラを許してほしいのです……」

保存室の奥、ニコラは牛や豚《ぶた》をデカい肉切り包丁でバッタバッタと斬り伏せていた。

血塗《ちまみ》れで包丁を振り回す幼女。とんだホラーである。

ニコラは家畜や作物の一つ一つに名前を付けるほど愛情を持って育てている。

それなのに笑顔でそいつらを無慈悲《むじひ》に収穫して調理し、「これは元トムでこれは元ジェリーで……」と名前を紹介しながら俺たちに食わせてくるわけで……どう折り合いをつけているんだろうと不思議《ふしぎ》に思わずにはいられない。

「ウーさんのお肉はハムに……ブーちゃんのお肉はベーコンに……」

ニコラがそう呟きながら作業しているのを見て、俺は思わず恐怖に震えた。

手遅れになる前に、あいつを逃がしてやらなければ……

俺は慌てて保存室を抜け出し、養豚場《ようとんじょう》へ向かう。

一際大きく、額に傷のある豚が俺の方へ寄ってきた。

名前をアレックスという。

「アレックス、ここはダメだ。こっちへ来い」

「ブヒ？」

俺はあらゆる魔術を駆使し、有無を言わさず——ブヒブヒは言わせたが——アレックスを連行する。

中庭の陰になっているところまで避難したあと、俺はポッケからドングリを取り出し、アレックスに差し出す。

「よしよしアレックス、ゆっくり食え」

「ブヒッヒッ」

愛《う》い奴め。

カラスに襲われていたところを保護した当初は近寄ってすらこなかったのに。

餌付《えづ》けの甲斐《かい》あって、アレックスはすっかり俺に懐《なつ》いていた。

美味しそうにドングリを頬張《ほおば》る様はあまりにも可愛い。間抜けな顔からも愛嬌《あいきょう》が溢《あふ》れている。

俺はアレックスに対して、真剣に愛着を抱いている。

アレックスなしでは生きていけないほどに。

慈《いつく》しみを込めて、アレックスを撫《な》でる。

その時、猛烈な悪寒が俺を襲った。

「おや、よく肥《こ》えた豚さんが一匹……」

「ひ、ひぃっ!?　ニコラ……」

ヌッと不気味な笑みを携《たずさ》え現れたのは、血塗れの肉切り包丁を持ったニコラだった。

彼女は肥えたアレックスを見て、ニタリと笑う。

「待ってくれ、こ、これは違うんだ！」

俺の弁明を無視して、ニコラはゆっくりとこちらに近付いてくる。

「豚さん、みんなが待っているのですよ」

て、天国で!?

「ひっ！　逃げろアレックス！」

「ブヒッ？」

ドングリを食べることに夢中なアレックスは、非道な殺意に気付かない！

くっ、ここは伝家の宝刀、最終奥義の土下座を使って媚《こび》を売るしか……

「――っと、冗談なのです。この豚さんは殺さないのですよ？」

ニコラは先ほどまでの恐ろしい表情が嘘だったかのように、優しく微笑《ほほえ》んだ。

俺はビクビクしながら聞く。

「そ、そうなのか？」

「ご主人様が大切になさっている豚さんなのです。ニコラも愛情は大切にするのです」

「なんてこった」

ニコラは作物や畜産に対しては冷血メイドであり、アレックスとてハムにされても不思議ではないと思っていた。しかし、どうやらそれは俺の思い違いだったようだ。

良かったな、アレックス。

「そんなことより、ワインの醸造《じょうぞう》をやってみたいのです」

ニコラの突然の提案に、俺は思わず顔を向けた。

「ワイン？」

ニコラが言うには、ローデシナ村には食料はあれど飲み物が水くらいしかなく、酒《さけ》もほとんどないんだとか。

ハムやベーコンといったアテはあるのに酒はない状況か。

この家に住む者のほとんどは酒を飲まないが、帝国組のサーシャやナターリャは呑兵衛《のんべえ》なので辛《つら》かろう。

そういえば、厳《きび》しい寒さをしのぐためにアルコールは必要だとクラウスもぼやいていた。

もしも余れば高値で売れるだろうし……ワイン造り、アリかもしれない。

「だけどワインなんて造れるのか？」

俺が疑問を呈すと、ニコラは胸を張る。

「フフフ、このニコラに任せてほしいのですよ！」

と、いうわけで家のみんなにクラウスと、冒険者ギルドの職員であるバストンを加えたメンバーでワイン製造に勤《いそ》しむことになった。

村ではブドウが山ほど取れるが、ワイン造りのノウハウは辺境にまで伝わっていなかったらしい。

クラウスとバストンが話を聞くなり、家に大量に除梗《じょこう》された状態のブドウを持ってきてくれた。

バストンは俺の肩に手を置いて笑みを浮かべる。

「ふむ、同胞《どうほう》ドーマよ。今日ほど同胞を誇らしく思った日はない」

「そんなに⁉」

どんだけ酒に飢《う》えてたんだよ。

「これだけあればワイン風呂ができるわね……」

「まったくだ。ジュルリ」

サーシャとクラウスの目がイッている。

……早く作業を進めねば。いつの間にか周囲にヤバい酒好きが増えているのだ。

「今回造るのは黒ブドウを使った赤ワインなのです」

ニコラの言葉に、バストンとクラウスの二人は満足そうに頷いている。

「ふむ、なかなか乙《おつ》だ」

「渋《しぶ》みがいいんだよな、渋みが」

二人はこう言っているが、酒をほとんど飲まない俺にはワインの違いがよくわからない。

自称ワインのお姉さんことサーシャに解説を請う。

彼女曰《いわ》く、果汁や皮、種までブドウの全てを使うのが赤ワイン。果汁《かじゅう》だけを利用するのが白ワイン。そのため赤ワインの方が渋みを感じられるらしい。

……またつまらぬ知識を得てしまった。

さて、そんなこんなでワインの製造が始まる。

まずは果実を砕《くだ》いて果汁を抽出《ちゅうしゅつ》する破砕《はさい》という作業からだ。

「全部魔術で潰しちゃっていいか？」

適当に魔術を放とうとしたら、「ま、待ちなさい！」と言われ、サーシャに肩を掴《つか》まれた。ふと周りを見ると、ワインおじさんことバストンとクラウスも俺を囲んでいる。

な、なんだこの異様な光景は……

「馬鹿野郎！　ブドウは魔術で潰すんじゃねぇ！　足で踏んで潰すんだよ！」

こんなに真剣に怒るクラウス、戦闘の時にも見たことないぞ。

「踏む？」

ニコラも俺と同じく不思議に思ったらしい。

「魔術で潰すのと何が違うのです？　魔術の方が早くて正確だと思うのです」

だがやれやれとばかりにサーシャが嘆息《たんそく》した。

「わかってないわね。これは『儀式』なのよ。ブドウを人の足で踏み潰すこと自体に意味があるの」

「でもなんか、ばっちくないか？」

「ばっちくないわよ!!」

サーシャが吠《ほ》えた。

衛生的《えいせい》にどうなのかなぁって思っただけなんだけど……

プンプンしているサーシャに代わり、バストンが落ち着いた様子で説明してくれる。

「ふむ、同胞よ。何も全てのブドウを踏むわけではない。最初に一部のブドウを踏み、それでワインを造るのだ」

次いでクラウスが補足する。ワインおじさんズによる見事な連携プレー。

「そうだ。んでその完成品をブドウの神に祈りと感謝を込めて捧《ささ》げるんだよ。それ以外は魔術で潰したブドウを使っても問題はないというわけだ」

神に感謝を示すためと言われてしまえば、効率化を極めし魔術師である俺も引き下がらざるを得ない。

俺以上に効率化を極めしメイドのニコラも渋々頷いた。

ちなみにノコやラウラはワインになど興味がないのか後ろの方で日向ぼっこしている。

俺もそっちに交ざりたい。

「ひとまずブドウを踏まなきゃいけないことはわかりました。じゃあ早速踏んでいいですか？」

俺の問いかけに今まで饒舌《じょうぜつ》だったクラウスとバストンは急に口ごもる。

「う、まあそれがだな……」

「なんというか……まあ俺たちゃあ、一時間ぐらい散歩してくるからよ、その間に儀式を終わらしといてくれ」

そう言い残し、突然離脱するクラウスとバストン。意味がわからん。

だがハテナを浮かべる俺とニコラを放置して、サーシャはテキパキと大きな桶《おけ》を用意し、そこにブドウの果実を敷き詰めた。

そして暇《ひま》を持て余したラウラやノコ、ニコラを招集する。サーシャの手には真っ白のワンピースが握られている。どうやら事前に『儀式』に備えて用意してきたものらしい。

『着替える場所を用意して』とサーシャに目で訴《うった》えられた俺が魔術で外部から見えない空間を用意すると、四人はそこで着替え始める。

しばらくすると、ワンピースを纏った四人が出てきた。

「サーシャ、俺もブドウを潰すの手伝おうか？」

「要らないわ」

あっさりと用なしの烙印《らくいん》を押されてしまった。

俺も散歩に行けばよかったぜ！

すると側で静かに様子を眺めていたナターリャが、俺に一冊の本を渡してきた。

『ゴブリンでもわかる！　ワイン製造！』

おちょくったタイトルだがノケモノにされるのも癪《しゃく》なので、読み込むことにする。

本の冒頭のページに神に奉納《ほうのう》するワインに関する情報が載っていた。

どれどれ……

最初の儀式では穢《けが》れなき処女《おとめ》の足で果実の破砕を行い、それで造ったワインを納める。

処女の足で踏まれることでワインが純潔《じゅんけつ》さと聖性を持ち、美味しくなるためである、と。

なるほど、そんな意味があったのかー。

どうやらブドウの神はユニコーンだったらしい。

などと俺が失礼なことを考えている間に、四人はブドウ踏みを開始していた。

「……ひゃっ、結構冷たいわね」と、どこか楽しそうに驚《おどろ》きの声を上げるサーシャ。

「んっ……ごつごつする」と口にしつつも、いつも通りの無表情でぶどうを潰すラウラ。

「ベタベタしてて気持ち悪いのです」と言いながら、嫌そうな顔で小さく足を動かすニコラ。

「ブドウ如《ごと》きがキノコの上に立とうなど百年早いです」と偉《えら》そうにしているノコ。

そんなふうにキャッキャしながら四人がブドウを踏んでいる側で、俺はいたたまれない気持ちに襲われていた。

なるほど、今ならばワインおじさんズが離脱したワケもわかる。

若い女性が白の衣装を身に纏い、素足で赤いブドウを踏み潰す様は白と赤の対比が美しく、確かに華《はな》やかだ。

だがなんだろうか、この謎のいかがわしさは……

俺は結局イフと散歩に出かけた。

途中でクラウスやバストンと合流したので、一緒に魚を釣《つ》ることにする。

釣りは煩悩退散《ぼんのうたいさん》にちょうどいいからな。

「釣りはいいぞ」

ワインおじさんたちは、釣りおじさんと化していた。

しばらく釣りを堪能《たんのう》して家に戻ると、儀式はすでに終わっていた。

よし、ここからは力作業だ。俺も協力できるだろう。

そんなわけで、残りのブドウを魔術で砕く。

結構な量があったが、魔術を使えばあっという間だった。

そうして搾《しぼ》った果汁を巨大な木樽《きだる》に入れ、工房で保管する。発酵《はっこう》させることで糖分をアルコールに変えるのだ。普通は一ヶ月以上の時間をかけて天然発酵させるのだが、今回はノコのキノコに含まれる酵母を使う。

キノコパワーは万能なのだ。

「しょうがないのでキノコの実力を見せてやります」

ノコをやる気にさせるため、俺はエールを送る。アルコールだけに。

「ヒュー！　流石ノコ！」

「人間さんうるさいです」

「はい」

ノコは文句を言いつつも、なんやかんや酵母を与えてくれた。

そうして出来上がった液体を、大きな樽に詰めて工房に運び込み、今日やることはとりあえず終了だ。

ワイン造りは初めてだったが、案外楽しかった。完成するのが楽しみだ。


二週間ほどが経った。

今日は仕上げの作業を行う予定だ。ワインを保管していた工房にサーシャとクラウスとともに入ると、芳醇《ほうじゅん》なブドウの香りに加えて、アルコール特有のツンとした匂いが感じられる。定期的に攪《かく》拌《はん》させていたこともあり、ワインは上手く発酵しているようだ。

サーシャとクラウスはその香りに頬を緩めている。ちなみに二人はこれから俺がすることに興味があってついてきたらしい。

俺は樽に近付き、上から覗《のぞ》き込む。

深い赤紫色をした液体は俺の知るワインそのもので、素人目《しろうとめ》には完成しているように見えた。

この状態でも皮や種を濾《こ》せば飲めなくはないが、まだ酸《す》っぱいらしい。美味しいワインを造るにはここから木樽でさらに熟成させ、まろやかな味わいへと変化させる必要があるとのこと。

とはいえその前に皮や種を取り出す必要がある。

魔術を使ってそんな七面倒な作業を一瞬で終え、改めて果汁だけを樽に入れ直す。

ちなみに皮や種もさらに圧力をかけて搾る工程――圧搾《あっさく》を経れば、通常の赤ワインより渋みのあるフリーラン・ワインとかいうワインに変わるらしいが、一旦それは置いておこう。

さて、ようやく熟成の工程に入れる。

熟成にかかる期間はなんと二年以上。

ワイン製造は長い……待ってられるかあ！

ということで俺の魔術を使って、熟成の期間を短縮させることにした。

どうやら熟成において重要なのは、ゆっくりワインを酸化させることと、木樽の香りをワインに移すことらしい。

ならば空間魔術を用いて、短時間で同様の効果をワインに与えればいい。

「おいおい、空間魔術って最先端技術じゃないのか？」

俺が二人にこれから行う魔術の説明をすると、クラウスがそう質問してきた。

どうやらクラウスは魔術の歴史には疎《うと》いようだ。

「いや、かなり前の技術ですよ」

「ぜっっっっったい違うわ！」

サーシャとクラウスに何故か呆れられながらも、俺はワインに空間魔術を施《ほどこ》していく。

これによって本来二年の工程は、二日に短縮されるのだ。


そうして二日後、とうとう自家製赤ワインが完成した。

クラウスとバストンはいち早く飲みたいのか、お昼から家に押しかけてきた。

完成祝いにと瓶《びん》詰《づ》めしたワインをクラウスとバストンに数本ずつ渡したのだが、数時間後には酔っ払った状態で次を買いに来た。そして今度はうちの庭で酒盛りを始めた。

「ふむ、これが『ドーマ・ワイン』か」

バストンの呟きにクラウスが頷く。

「間違いなく売れるな」

いつの間にか名前が決まっていたらしい。

ワインおじさんズのお墨付《すみつ》きだ。相当できはいいのだろう。


そんなことがありながらも日は暮れ、夕飯の時間。

俺もせっかくなので、ワインを嗜《たしな》んでみる。

自家製だ。たとえ味が不味《まず》くても美味いと思えるに決まっている。

「………………これは！」

全然わからんッ！

そもそも俺はワインを飲んだことがなかった！

だがワインの本場、帝国出身のサーシャやナターリャが満足していたので、良しとしよう。

ラウラも飲みたがったが、匂《にお》いを嗅《か》いだだけで寝てしまった。あまりに弱すぎる。

仕方がないのでラウラを寝室まで連行し、ベッドに寝かせる。

驚くほど軽いが、戦闘の時に見せる強靭《きょうじん》な力はどこから湧《わ》いているのだろうか。

「……まって」

部屋を出ていこうとすると、ラウラがそう言って服の裾《すそ》を掴んできた。

起きていたのか。

酔《よ》っ払《ぱら》っているのか頬は少し赤く、目はぼやーと虚《うつ》ろだ。

「どうしたんだ？」

「もう少し、一緒にいて」

「……ああ」

その言葉を最後に、俺たち二人は口を閉じた。

薄暗い寝室で、無言の時間が流れる。何を考えているのかわからない彼女の瞳を長く見つめていると、吸い込まれてしまいそうだ。

薄桜色《うすさくらいろ》の髪はぴょこっと跳ね、長いまつげが瞬《まばた》きの度に揺《ゆ》れる。

ラウラは儚《はかな》くも美しい、新雪のような雰囲気を纏っている。

思わず髪を撫でると、ラウラは無言でにへらとはにかむ。

「………もう眠たいんだろ」

「うん、おやすみ」

寝ぼけたような声で返事をすると、ラウラはそのままベッドに潜り込んだ。

部屋を出ると、妙な感覚がした。ラウラの笑顔が妙に脳裏に焼《や》き付いている。

この感情は一体……？

自分で自分の感情がわからないなんて初めての経験だ。

結局、その日はあまり眠れなかった。

ワインの完成からさらに二週間が経った。

ここのところ、寒さが厳しくなってきており、冬が深まっているのを感じる。

森の動物たちは巣にこもり、氷が張るほど気温が下がる日も珍しくない。

そんな中、俺は知り合いを訪ねるべく、ローデシナの村を歩いていた。

ウチは冷暖房完備《れいだんぼうかんび》だからぬくぬくだが、村では毎年凍死者《とうししゃ》が出るらしく、グロッツォを中心とした若者衆がせっせと薪《まき》を集めている。

死人が出ても寝覚めが悪いので、先ほどラウラが伐採《ばっさい》した木々を魔術でこっそり広場に積んでおいた。この冬を乗り切るには十分な量だろう。

「お、おい、この薪、一体誰の仕業だ……!?」

「大方《おおかた》予想はつくけどな……」

そんな風に言いながら、村人たちがこちらをチラチラと見てくる。

ギクリ。

視線から逃げるように移動すると、露店を出しているヨルベを見つけた。

ヨルベは普段は王国領にある都市、グルーデンで馬車商をしており、ローデシナにもちょくちょく顔を出している商人だ。ローデシナに来る際に馬車を出してもらったことがきっかけで知り合ったのである。

向こうも俺を見つけたようで「お、なんや久しぶりやなあ」なんて声をかけてくる。

ローデシナは物資が不足しているため、行商人は食料やら薪やら服やら……とにかく色々売りに来るのだ。

普段ならば村人はそんな行商人の元に祭りのように集《つど》う……のだが。

「……閑古鳥《かんこどり》と仲良しみたいですね」

周囲を見渡すと、俺以外に人影は見当たらない。

ヨルベは恨《うら》めしそうに俺を睨んできた。

「誰のせいやと思ってるんや」

俺は心当たりがあるだけに「あはは……」と愛想笑《あいそわら》いをするほかない。

冬に備《そな》え、薪以外の物資も山ほど村に用意したからなぁ……

しかし、ヨルベはふっと笑う。

「ま、誰かさんのおかげでアタシの懐《ふところ》はホカホカやからええんやけどな」

「あんなものが売れるんですか？」

実はヨルベが寄り付かなくなったら寂しいので、彼女が来る度に戦闘用魔導具だったり、治癒スクロールだったりを売っているのだ。大した性能ではないので二束三文《にそくさんもん》にしかならないだろう——

そう思っていたのだが。

「そろそろ家が建つで。それも王都の一等地にな」

「魔導具とかスクロールを売ったお金でですか？　ははは、まさかぁ！」

「アタシはアンタが怖いわ」

ん？　どういうことだ……ただ要らないものを処分しているだけだというのに。

よくわからんがまあ良い思いをしているようなら何よりか。

それよりも大事な用事がある。

「そうだ。また買ってもらいたいものがあるんですよ」

「なんや。お姉さんに見せてみぃ」

金の匂いを嗅ぎ取ったヨルベお姉さんに、先日造ったワインを一本手渡す。

するとヨルベは眉を寄せる。

「申し訳ないけどなあ、手造りワインは売れへんで。アタシにも商人としてのプライドはある。素人が作ったモノを流通させるわけにはいかへんのや」

「あ、そうなんですか。それは残念です」

肩を落としてヨルベからワインを回収しようとした、その時だった。

「待ってもらおうか」

声のした方を見て、ヨルベは驚愕《きょうがく》の表情を浮かべた。

「ア、アンタは……！」

突如現れたのは、貫禄《かんろく》のある佇まいの男。

片手にワイン瓶を持ち、正装に身を包んだその姿を見て、ヨルベは叫ぶ。

「アンタは伝説のワインソムリエ、【千器《せんき》のクラウス】！」

「ほう、その名をまだ覚えている奴がいるとはな」

クラウスはそう口にすると、ワインをグラスに注《そそ》いで一口味わってから意味深げに微笑む。

何をやっているんだお前は。

「千器のクラウス？」

俺の呆れ混じりの声にヨルベが答える。

「なんや、あんた知らんのか？　千器のクラウスは王都の美食家百名選の一人！　千のワインを見極め、『美味い』の一言でどんな無名な店でも繁盛《はんじょう》させると噂《うわさ》の、伝説の存在や！」

「な、何ぃ⁉」

そんなことをしていたのかクラウス。

驚く俺に、ヨルベは「ちなみに二つ名の千器は【戦技のクラウス】と引っ掛けたダジャレや」と
どうでもいい情報を補足してくれた。

「その『ドーマ・ワイン』を、単なる手造りワインだと切り捨てたら後悔《こうかい》するぞ」

「な、なんやて⁉」

クラウスはヨルベにグラスを手渡す。

すると、ヨルベは途端に目を輝《かがや》かせた。

「な、なんやこの芳醇な香りは！　研ぎ澄まされた果実の甘さに……これはキノコか？　まろやかで深みのある香りやで！　こんなん、嗅いだことがない！」

「くくく、香りだけじゃあない。一口。それだけでいい。飲んでみろ……トブぞ？」

「ぐっ！」

なんか急に訳のわからないバトルが始まったんだが？

ヨルベはクラウスに言われた通りにワインを一口飲むと、突然ガクーンと膝《ひざ》から崩《くず》れ落ちた。

「ア、アタシの負けや……」

そう口にするヨルベにクラウスが近付き、手を差し伸べる。

「……そう落ち込むことはない。お前にはまだ明日がある。そうだろ？」

「せ、千器のクラウス……」

二人はガッチリと握手した。

そんな茶番は置いておいて、どうやらワインの味は商人であるヨルベのお眼鏡に適《かな》うものだったらしく――

「そんなわけで、あるだけ買い取るわ。これなら王国中のワインを駆逐《くちく》できるで」

そう彼女は提案してくれた。

しかし流石にそこまでの量は用意できないので、俺は首を横に振る。

「いや、生産が追いつきませんよ」

「そら勿体ないわあ……」

それから行われた交渉の結果、とりあえずノコが不貞腐《ふてくさ》れないくらいの量を製造する前提で取引することになった。当社のワインの味はニートキノコが支えているのでね。

こうして商取引は終わり、ヨルベは撤収《てっしゅう》準備を始める。そんなタイミングで彼女は思い出したかのようにあるものを手渡してきた。

「な、そういえばこれ知っとる？」

「ん？　これって……」

ビラのような一枚の紙。

そこには赤い塗料《とりょう》で以下のように書かれている。

『魔族を滅《めっ》せよ！　捕《と》らえた者には生死問わず報奨金　金貨三枚を支払う！』

右下には『魔族を匿《かくま》う者も死刑』の警告文もばっちり。

どこからどう見ても魔族討伐を専門にする、『魔族狩り執行官《しっこうかん》』が作ったビラである。

「執行官がここまで来ましたか」

都会ではしばしば目にする彼ら彼女らだが、まさかこんな辺境の村まで来るとは、驚きである。

ヨルべも頷いて、嫌悪混じりの溜め息を吐いた。

「嫌な奴らやで。あんたも気をつけや。巻き込まれそうな顔してるからな」

「ははは！　まさか！」

そんなことあるわけない。

ローデシナには魔族のマの文字もないし、心配する必要なんてないのだ。

2

極寒の吹雪《ふぶき》の中を、当《あ》てもなく歩いていた。

周囲は白に染まり、前を行く母の足跡のみが唯一の道しるべだった。

後ろを振り返ると、寒さに震える妹が、不安そうにこちらを見つめている。

近寄って手を握ると、驚くほどに冷たい。

妹はぽつりと呟く。

「お母さん、置いていかないで」

その言葉にハッとして振り返ると、前を歩いていたはずの母の姿は見えなくなっている。

吹雪の中、足跡だけが白い世界に残っていた。

「母さん！　どこだ⁉」

必死に叫ぶ俺の声は風の音にかき消される。

俺は、なおも叫び続ける。

「母さん！　行かないでくれ！　俺たちを置いていかないで‼」

…………

……


「――マ、ドーマ」

ゆっさゆっさと体を揺さぶられる感覚で目を覚ますと、訓練着を着たラウラが俺の顔を覗き込んでいた。

何か夢を見ていた気がするが、思い出せない。

というかそんなことより、ラウラが起こしに来るなんて珍しいな。

「ふわぁ。どうしたんだ？」

あくびをしながら起き上がると、ラウラは興奮気味《こうふんぎみ》に窓を指差した。

「雪！」

「え？」

「雪！　すごい！」

目を輝かせたラウラに無理やりベッドから下ろされ、寒い寒い窓際まで引きずられた。そして外を見ると――

「おおぉ！　雪、だな」

思わず目を見開いた。

そこに広がるのは、一面の雪景色《ゆきげしき》。

真っ白な雪は洋館の周りを覆《おお》い、ほのかに朝日を反射して、キラキラと輝いていた。

窓を開けると澄んだ空気が部屋に入ってくる。息を吐くと白く曇《くも》る。

キリリと冷たい風が体に染み渡るが、なんだか心地がよい。

「雪！　ドーマ、はやくそと！」

うきうきるんるんなラウラは、急かすようにこちらを見つめている。

「仕方ないなあ」と言って俺が着替えようとしてもそれは変わらない。

俺の裸体《らたい》に価値はないかもしれないが、このままラウラの前で脱ぎ始めると、捕まるのは彼女ではなく俺なのだ。

男はツラいよ。

「はいはい、ラウラ様も着替えるのですよ～」

いつの間にか部屋に入ってきていたニコラが気を利《き》かせて、ラウラを部屋へ戻してくれた。

そんなニコラの頭の上には、すでに小さな雪だるまが載っている。

最初に雪を堪能《たんのう》したのはニコラらしい。

可愛《かわい》らしくて、思わず頬が緩む。

しばらくすると着替え終えたラウラがニコラとともに戻ってきた。その頃には俺も外に出る準備を済ませていた。

「せっかくだしサーシャも呼ぶか」

俺の提案に、ラウラは頷く。

「ん。みんな呼ぶ」

一緒にサーシャの部屋へ向かう。

すると部屋の前に立っていたナターリャが「はい。どうぞ」と部屋に入る許可をくれた。

いや、サーシャはまだ寝ているんじゃないのか。

「たまにはお二方《ふたかた》に起こしていただこうかと。朝が弱いお嬢様を起こすのは大変ですので」

その一言で、サーシャの状態を察した。

俺がドアを開くのを躊躇っていると、ラウラがあっさりと部屋に突入する。

仕方ないので俺もついていくと、そこには案の定、惰眠《だみん》を貪《むさぼ》るサーシャがいた。

初めて知ったが、サーシャの寝相《ねぞう》は悪い。

布団《ふとん》はグチャグチャだし、髪は寝癖《ねぐせ》のせいでボサボサだ。

涎《よだれ》を垂《た》らしている姿を見て、皇女と思う者はいないだろう。

別にどうでもいいが。

「サーシャ！　起きて、雪！」

「……にゃによ、うるさいわね～～～」

ガサガサと布団を揺らすラウラに対して、サーシャはむにゃむにゃしながらゆっくりと瞼《まぶた》を開ける。

「にゃに？　ラウラ？　もうちょっと寝かしてよ」

「雪！」

「雪？」

サーシャは周りを見回して……やがて俺と目が合う。

「……へ？　先生？」

サーシャは目をパチクリさせてから、急に顔を赤くしたと思ったら布団を被ってしまった。

ラウラが不満そうに「サーシャ～～」と布団を揺らす。

丸く膨《ふく》らんだ布団は、唸り声を上げる。

「乙女《おとめ》の寝顔を見るなんて最悪なんだけど！　早く出てってよ！」

「ドーマ、早くでていって」

「俺!?」

女性陣にジトッとした目線を浴びせられ、俺は仕方なく退出した。

何故何もしていない俺が責められる……


「乙女のすっぴんを見るなんてサイテーね！」

十分ほどして、そう口にしながらサーシャが部屋から出てきた。

先ほどまでの寝起き姿が幻《まぼろし》だったかのように麗《うるわ》しい姿だが、表情は変わらず不機嫌そのものだ。

「ナターリャもどうして入れたのよ」

「まさか本当に女性の寝室に立ち入るとは思いませんでしたので」

ケロリと言ってのけるナターリャに、俺は思わずたじろぐ。

話が違うじゃないか。

それに寝起き姿が新鮮だったと思っただけで、他に何も思わなかったんだけどなぁ。

そんなことを考えているとニコラが俺の耳を引っ張る。

「ここは早くサーシャ様を褒《ほ》めるのですよ」

「え？」

褒める？　そうだなあ。

「どんなサーシャも可愛いよ」

「は、はぁ!?　そんなこと言われても許さないんだからね！」

腹にパンチを喰らい、俺は崩れ落ちた。

ニコラはそんな俺を慰《なぐさ》める。

「ご主人様は間違っていないのです……」

じゃ、じゃあ何が正解だったんだ……

女心とは、かくも難しきものである。


「ドーマ！　雪！　雪！」

「はいはい、わかったから」

急かすラウラに連れられて、俺は玄関のドアを開ける。

目の前には誰も足跡をつけていない、真っさらな白い大地が広がっていた。

ラウラはパタパタと駆けていくと、白い地面へ思いっきりぼふんとダイブする。

子供みたいだ。

のそっと起き上がったラウラはこちらに、滅多に見られない笑顔を向ける。

「……寒いわ」なんて言いながら、モコモコに着込んだサーシャもやってきた。

その後ろに控《ひか》えるニコラとナターリャは変わらずメイド服のままだが、寒くないのだろうか。

サーシャは俺と目線を合わせると、何か言いたげにしていたが、すぐにそっぽを向いてしまった。

そんなサーシャの顔すれすれに弾丸のようなものが飛ぶ。

ドゴッ！

そんな凄《すご》い音を立てて、洋館の壁にヒビが入った。

「ひっ、な、何⁉」

「なんだ⁉　魔物か⁉」

サーシャと俺が振り返ると、雪玉を丸めたラウラがこちらに次々と飛ばしてきているのが見えた。

目にも留《と》まらぬ速さの雪玉が俺たちを襲う。

「ラウラ！　やめなさいよ！」

「ちょ、手加減してくれ！」

だが俺らに構うことなく、ラウラは目をキランと光らせ次々、雪玉を投げてくる。

「せんじょうで、てかげんはしない」

「ここ、戦場じゃないけど⁉」

当たれば死ぬ。

死の恐怖にゾッとした俺は、卑怯《ひきょう》だと思いつつも結界魔術を展開した。

どんなに硬く速い雪玉でも、結界魔術には敵《かな》うまい。

「ドーマずるい」

頬をぷっくりと膨らませて不満を言うラウラ。

俺はニヤっと笑う。

「ククク、戦場にズルなどない」

「む」

俺の言葉を聞くと、ラウラはとびきり硬い雪玉を作り、先ほどより大きく振りかぶる。

あ、当たったら本当に死んじゃうよ？

なんて思っているとラウラは「あ」と声を上げ手を滑らせた。雪玉はサーシャの顔面目がけて直行する。

俺を盾《たて》にして油断していたサーシャは、気付かぬ内に結界魔術の範囲外に出てしまっていたようだ。

「へ？」とサーシャは間の抜けた声を漏らした。

俺は間一髪でサーシャを引っ張る。

「きゃっ」

そんな可愛らしい悲鳴を上げたものの、サーシャは無事らしい。

顔を上げると、雪玉によって洋館の壁に穴が空いているのが見えた。

「ちょ、ちょっと……」

「ん？」

サーシャに声をかけられて下を向く。

気付けばサーシャを押し倒す形になってしまったらしい。

真下にサーシャの赤い顔がある。彼女の銀髪《ぎんぱつ》が雪に混ざって美しい。

長い睫毛《まつげ》と健康的な肌——まさしく帝国美女だ。

ついつい見つめてしまうと、サーシャは少し気恥ずかしそうに目を逸《そ》らした。

……何これ？

すると、横から雪を軽快に踏む音がする。

「えーい」

ニコラに蹴られて、俺は丸太のようにゴロゴロ転がった。

雪がふかふかで気持ちがいい。

空を見ると、再び白い雪が降ってきているようだ。しんしんと降りゆく様《さま》が美しい。

一粒口に含むと、雪は消えるように溶けて……

「ん？　これ雪じゃないぞ」

溶けるどころか苦味が口いっぱいに広がる。そして俺の意志を乗っ取ろうとしているかのように、
魔術回路に誰かの魔力が侵入してくる。

こ、これは以前にも経験したことがあるぞ。

「ノ、ノコはいるか⁉」

そう、これは以前ノコの胞子《ほうし》に操られそうになった時に味わった感覚だ。

「あの穀潰《ごくつぶ》しならイフと一緒に出かけていったのですよ」

ニコラはそう言って、森の方を指差した。

「なんだって？」

俺は慌てて家全体に結界魔術を張る。

空から降る白い粒は雪ではなく、胞子だ。

間違いない、これはキノコの仕業である。

何をやっているんだアイツは……

こいつを多く吸い込むのはまずい。早急に対処せねば。

「とりあえずみんなは家に避難だ。ラウラはついてきてくれ。ノコを止めよう」

「うん、これ前にもみた」

「ああ。ニコラ、家は頼むぞ」

「はいなのです！　菌類《きんるい》の方はお任せするのですよ」

菌類て。

だがノコの奴、家をこっそり抜け出し、胞子を降らせるとは何を考えているのだろうか。

耐性の強い俺やラウラならともかく、普通の村人ならば操られてしまうというのに。

ノコがイフと出かけたというニコラの証言通り、白い地面の上にわかりやすい肉球型の足跡が残っている。

俺たちはそれを辿《たど》ることにした。

だが、足跡はある地点でぷっつりと途絶えていた。

「……一体どこに消えたんだ？」

イフなら空中歩行は可能だが、何故ここで飛ぶ必要があったのか……

俺が周囲を見て悩んでいると、ラウラが背中をつついてくる。

「ドーマ、魔力かして」

「ん？　いいけど何か見つけたのか？」

彼女の要望通り魔力を分け与えると、ラウラは無言で銀剣に魔力を纏わせる。

そして俺の方を向いて、剣を振りかぶる。

「ちょ、ラウラ⁉」

「ドーマ、とまってて」

し、死んだ。

そう思ったが、どうやらラウラは俺を斬ろうと思ったわけではないらしい。

彼女が斬ったのは、俺の背後にある何かだったようだ。

恐る恐る振り返ると、何故か空間にぽっかりと穴が空いている。

「これは、空間魔術か……？」

「あやしい」

穴の向こう側には、冬には不釣り合いすぎる、青々《あおあお》とした大樹林が広がっている。間違いなく穴の先とここは別の場所だとわかった。

しかし空間ワープ技術は王宮魔術師でさえ開発の手がかり一つ得られていない、超高等技術のはずだが……

というかそれをぶった斬るラウラもラウラである。

驚愕の視線をラウラに向けていると、彼女はコテンと首を傾げた。

「どうかした？」

「い、いやラウラは凄いなと思って」

「そう？　ドーマの方がすごい」

本心を口にしたのだが、よくわからんフォローをされてしまった。

まぁラウラが規格外なのは今に始まったことじゃない。先を急いだ方が良いだろうということで、ともかく穴の中に入ってみる。

するとぐにゃりと空間がねじ曲がるような感覚がして……気付けば俺らは大樹林の中に立っていた。

ほんのり暖かく、周囲の植生《しょくせい》はローデシナとは異なっている。

そして足元を、見たこともないキノコが……歩いていった。

「……何だここは」

思わず声が漏れる。現実とは思えない。

「ゆめみたい」

ラウラが発した小さい声に、俺は答える。

「夢でも馬鹿げてる」

啞然《あぜん》としながら進むと、小さなキノコが足元をちょろちょろと動いているのが目に入った。さっきも見たが、何だこいつは。

柄の上部にはちょこんとまん丸な目があり、短い手足を自在に動かしている。

そんな小さな森の住人たちは俺たちの姿を見ると驚いたようにビクリと身を震わせ、やがて何事もなかったように歩いていく。

お、俺は疲れているのか……？

だが毎日スヤスヤ健康ラウラさんにも、同じものがしっかり見えているようで、目をパチクリさせている。

二人で周囲を観察しながら歩いていると、巨大な樹がそびえ立っているのが見えた。

「な、なんだあれは……」

「ん、おおきい」

いや、よく見るとあれは大樹ではない。巨大なキノコだ。一番下には穴が空いていて、中に入れるようになっているらしい。外壁にもいくつか穴が空いていて、そこから小さな住人たちが顔を出しているのが見える。もはやキノコというよりは巨大な建造物と言った方が正しそうだ。

そんな風にしげしげとキノコの住み家を眺めていると、背後からしわがれた声が聞こえる。

「やあ、君たちは人間さんかね？」

慌てて振り向くと、そこには俺の腰ぐらいの大きさの、髭を生やしたキノコが立っていた。

キノコも髭を生やすのか……

「え、ええ。迷い込んでしまいまして。ここは一体……？」

当たり障《さわ》りのない言葉で誤魔化《ごまか》そうとしたが、髭を生やしたキノコは見透かしたように笑う。

「ほほほ、ここには来ようと思わなければ来られませんよ。ここはキノコの国、『キノコック』じゃ。ようこそ、ドーマ殿、ラウラ殿」

キノコの国なんて聞いたことがない。ていうかなんで俺たちのことを知っているんだ？

「な、何故俺たちの名前を？」

「ほほほ、王宮に案内しよう」

自らを『キノ爺《じい》』と名乗った髭のキノコは、俺の疑問には答えず、とことこと歩き出した。

キノ爺の後ろをついていき、巨大キノコの内部に入っていく。

そこでは小さな住人たちがぴょこぴょこと跳ね、物資や紙を運んでいた。

「ん、かわいい」

目を離した隙にラウラはしゃがみ込んで、小さな住人を突《つつ》っついていた。

突かれたキノコたちは気持ち良さそうに声を上げる。

「ノコノコ！　ノコノコココ！」

「ほほほ、人間さんの訪問は久しぶりじゃから、『コノコ』たちも楽しそうじゃ」

小さな住人たちは、コノコというらしい。

そんなコノコたちに囲まれながら、キノコの内部を上へ上へと上がっていく。

やがて大きな広間へと辿り着いた。

槍《やり》を持ったやや大きめのキノコ兵が広場を囲み、最奥《さいおう》の玉座《ぎょくざ》には巨大な竜が鎮座《ちんざ》している。

「このお方がキノコックの女王様じゃ」

キノ爺が目の前の竜についてそう解説してくれた。

「き、キノコじゃなくて竜なんですか？」

俺が思わず尋ねると、キノ爺はさらりと答える。

「キノコ竜ですじゃ」

キノコ竜ってなんだよ。

女王の見かけはほとんど飛竜と変わらない。ただ、体のあちこちに胞子を纏わせている。

そしてその女王の側にいるのは、他でもないノコだった。

「ほほほ、女王様。件《くだん》の人間さんがやってきましたじゃ」

「うむ。キノ爺よ、良くやった。そちらの人間さんよ、こちらへ来るが良い」

女王に促され、玉座の前に進み出る。

冷静に考えて竜が喋《しゃべ》るのはおかしい気がするが、まぁキノコが喋ってるんだから、そんなことを気にするのも今更か。

ともあれ、ノコは俺たちに気付いていなかったのか驚いた表情をする。

近くにいたイフが尻尾《しっぽ》を振りながら俺の元へやってきた。

もしかして……ここはノコの実家なのだろうか？

そんなことを考えていると、女王は穏やかな雰囲気で語りかけてきた。

「ドーマ殿とラウラ殿だな。良くぞ来てくれた。空間魔術を破るとは見事である」

「は、はあ」

「様子は常々見ておった。この軟弱者《なんじゃくもの》であるノコの根性を叩き直し、働かせるとは恐れ入る」

女王の言葉に、ノコは気まずそうに俺の方をチラリと見てくる。

そういえばノコは自立するために家を追い出されたんだった。

でも女王様、怠惰な性格は今もまったく変わってないと思います……と告げ口するのは流石にやめ、代わりに気になっていたことを聞く。

「あの、ノコはどうしてここに？　村に降った胞子もですが……」

俺たちがここに来た目的はノコを見つけ、胞子を降らすのを止めることだ。まずはそのことを聞かねばなるまい。

「ああ、胞子はすぐに止めさせよう。あれは空間転移の準備の際に発生してしまうだけで、ほとんど無害なものだ。ノコがローデシナに帰りたがったのでな。村ごとキノコックに移転させれば帰るなどと言わなくなるかと思ったのだ。だがノコがここに留まるなら、その必要もあるまい」

女王、こ、怖っ！

どうやらキノコックの女王は人間より上位の存在のようだ。未知の技術といい、胞子といい、敵に回したくない。

「待つです。ノコは転移を止めに来ただけです。ローデシナに帰ります。こんな国うんざりです」

先ほどまでだんまりだったノコがようやく口を開いた。しかし女王はあっさりとノコの言葉を否定する。

「黙りなさい。あなたは次期キノコックの王。然《しか》るべき教育が必要なのです」

「……え？」

俺は思わず声を漏らした。

ノコが次期国王？

思わずラウラと目を見合わせてしまう。

暇があればグータラ三昧《ざんまい》、目を離せば寝ているあのノコが、国王……？

そんな国があったら秒で潰れそうだ。

「王は嫌です！　ノコは人間さんの家が良いです！　人間さんも何か言ってください」

「ノコ……」

一聴すると感動的なセリフだが、ノコの目は切実に語っている。

王になると、グータラできないから嫌なのだと……

そんな理由なら無視しようとも思ったが、今更ノコがいなくなってしまうのは寂しい。

最近はワイン造りを頑張ってくれていたことだしな。

ここは俺の出番だろう。女王をビシッと納得させてやる。

「王なら視野を広く持たねばなりません。外の世界で、色々な経験を積むことも必要かと」

俺はドヤ顔で女王にそう提言する。

「そうですか。なら私が責任を持って他国を巡行《じゅんこう》させましょう。その方が、様々なことを経験できるでしょう」

……何も言い返せない。

「人間さん……もう少しマシな説得はできないのですか」

一瞬で論破された俺に、ノコは哀れみの視線を寄越《よこ》してきた。

「う、うるせー！」

ノコに文句を言いながら何か反論しようと考えるが、名案はまったく思い浮かばない。

まずい。このままではノコはキノコックの王となってしまう。どうにかして――

「ノコはともだち。ともだちとわかれるのはさみしい」

ふとラウラがそんなことを言った。

ラウラにとっては切実な事情だろうが、流石にそんな甘っちょろい説得は通らないだろう……

そう内心思っていると、女王は身を震わせ、ほろりと涙《なみだ》を流した。

「と、友達……！　この子にもついに友達が……！」

あ、あれ？

「……友達と別れさせるのは酷《こく》なこと。そして友達と過ごす時間は何よりも大切なものです……どうやら、成長するべきは私の方だったようですね」

女王は一人で納得して、うんうんと頷いていた。

「女王様……」

キノ爺まで涙を流し始めた。

そ、そんな単純でいいのか？

「ノコに帝王学を施さなくてもいいんですか？」

謎の感動ムードに耐えられずツッコミを入れてしまった。

ノコは俺の言葉に慌て出す。

「ちょ、人間さん！　何を言い出すです!?」

「そんなものはあとでもよろしい。今この子に必要なのは己を理解してくれる友人なのですから……」

女王にフォローされて、ノコは勝ち誇った顔を俺に向けた。

ノコに必要なのは友人ではなく厳しい環境だと思ったが、まあ本人たちが納得するならいい……のか？

俺がそんなことを思っているうちにあれよあれよと話が進んでいく。

そんなわけで勝手に帰郷《ききょう》していたノコは、勝手に親の理解を得て勝手に帰ってくることとなった。

「ほほほ、女王様もノコ様の澄んだ目を見て揺らいだのじゃろう」

話が一段落したところでキノ爺がそんなことを言った。

思わずノコの瞳を見る。

「澄んだ……目？」

「人間さん、何か言いたいことがあるようですね」

ノコにギロリと睨まれた。

「い、いやあ……何も？」

ともかく、ローデシナに降った胞子もキノコック王国パワーで跡形もなく片付けてもらえるようだし、これで一件落着だ。

ちなみにノコの様子はキノ爺が定期的に見に来ることになった。

やれやれ。

「ドーマ様はお待ちを」

話が纏まったので帰ろうとしたところ、背後からそんな女王の声が聞こえた。

「どうかしましたか?」

「魔力を見せていただきたいのです」

別に断る理由もないので、女王の目の前で魔力を放出してみせる。すると女王は目を瞑《つむ》り、優しく微笑んだ。

「ノコを頼みます」

「……はい、お任せを」

審査されていたのだろうか。

女王にとってノコは曲がりなりにも愛する子だ。よそで暮らしていれば心配だってするだろう。同居人の俺のことだって気になって当然だ。だが知らないうちに見極められると心臓《しんぞう》に悪いから宣言してからにしてほしいぜ。

そんなことを思いながら俺たちは女王のいる広場を後にした。

俺とラウラがキノコックに転移した場所から、ローデシナに帰ることができるらしいので、来た道を三人と一匹で戻る。

「で、どうしてノコは誰にも言わずこっそりと出てったんだ?」

森の中を歩きながら、俺は気になっていたことをノコに聞く。

「キノコックに精霊以外が足を踏み入れると、全身からキノコが生え出る妖怪《ようかい》になりますから」

「えっ」

「母上を怒らせなくてよかったです」

ノコは他人事《ひとごと》のようにぶっきらぼうに言った。

お、お前……

この世界は、上には上がいる。単純なことだが、決して忘れてはいけないな。

キノコックから出て、今度こそ本当に白雪が降り積もる森を歩きながら、俺はそう自戒《じかい》するのだった。

3

雪は綺麗だ。

しかし生活をする上では障害《しょうがい》にもなる。

雪が積もったせいで、どこかへ歩いていくのも一苦労だしな。

雪を溶かすために暖気を放出する魔導具——暖気放射魔導具を造ったはいいものの、魔力消費効率が悪すぎて俺とラウラ以外には使えず、未だ辺境の冬における交通の便は良くなっていないのだ。

問題はそれだけではない。

冬のローデシナでは水を確保するのも一苦労だ。

他の地域では冬になると、水商人から水を買うのが一般的だ。しかしローデシナに水商人はいない。雪を溶かして濾過《ろか》し、生活用水にしてはいるものの、村人全員が使う分の水を賄《まかな》うのは難しい。

そのためバストンには俺が開発した、真水《まみず》を発生させる魔導具を渡している。普段はギルドが村の水の管理をしていて、時々問題が起きれば俺が解決に行くというわけだ。

また防寒に関しても村人は苦戦していた。毛皮は高級品なのであまり出回っていない。そのため村人のほとんどが綿《めん》のマントを防寒着としている。冬を乗り切るには頼りない装備だ。

俺らは先日クラウスたちと討伐した飛竜の皮を使って、コートを用意することにした。飛竜の皮は防寒性が非常に高いので、コートの生地にはピッタリだろう。仕立てはニコラに頼んでおり、年が明ける前には仕上げてくれるらしい。

とはいえそれだって村人全員分なんて用意できるわけもないから、俺にできることは薪を分けてやることくらいだ。

今日も雑用を終え、ギルドに報告に立ち寄るとバストンは渋い顔をしていた。

「今年は死人が出ないといいが」

バストンの発言は物騒《ぶっそう》だが、冗談《じょうだん》ではない。

王都は冬でもここまで寒くはならないし、国の魔術による支援も行き届いている。しかし辺境の村、ローデシナでは冬に死人が出ることなんて日常茶飯事《にちじょうさはんじ》なのだろう。

「そういえば同胞ドーマ。クラウスが呼んでいたぞ」

バストンが思い出したように言った。

「クラウスが？」

なんだろう。またワインのおねだりだろうか。

『ドーマ・ワイン』は元々の生産数が少ない上、ヨルベに卸《おろ》して広く知られたため、市場価値が跳ね上がっているのだ。

恩のあるワインおじさんズ――ワイおじにだって、そう頻繁《ひんぱん》に渡せまい。

とりあえず家に来てくれとのことなので、ギルドを後にしてクラウスの家に向かう。

最近のクラウスは冒険者たちを鍛え上げることに加えて、村の治安維持や獣の狩猟、魔物の退治など、本来はギルドがやることまでこなしている。

その甲斐あってかクラウスは村のマダムからも野郎どもからもモテモテだ。

俺も同じくらい村に貢献しているのに、なんだこの扱いの差は。

そんな風に考えているうちに、クラウスの家に辿り着いた。

「おうドーマ。悪かったなこんな寒い中」

玄関のドアをノックすると、先ほどまで外に出ていたのか、自慢の髭をカチンコチンに凍らせたクラウスが出てくる。

案内され部屋の中に入ると、白湯《さゆ》の入ったコップを出してくれる。

クラウスの手にも同じものが握られていた。

俺がカップを受け取るとクラウスは暖炉《だんろ》の前に座る。

「で、用とはなんですか？」

反対側に置かれた椅子に腰を下ろしながら尋ねると、クラウスは目つきを鋭くしてこちらを見る。

「……一つ頼まれてほしい。グロッツォの件でな」

「グロッツォ？　何をしでかしたんですか？」

「しでかした前提なのか……？」

グロッツォには前科があるからな。

だがクラウス曰く、ここ最近はずっと熱心に仕事に取り組んでいるようだ。

グロッツォの最近の仕事は多岐《たき》にわたる。

村の見回りから狩猟採集、魔物の討伐に家の建築など、ありとあらゆる雑用をこなしているらしい。そして最近はギルドへの借金の徴収《ちょうしゅう》という、嫌われ役までこなしているとのことだ。

そんな彼は、どうやら最近借金を取りにいった際に、ある家で怪しい行いをしているらしい。

「怪しい行いですか？」

俺がクラウスに詳細を尋ねると、彼は声を低くする。

「ああ、村から離れたとこに木こりの家があってな。そこには小せぇ娘が一人いるんだ。グロッツォは何故か、決まって親が出かけて娘が一人の時にその家を訪れてんだよ」

「……あ、怪しい」

怪しすぎるぞグロッツォ。

どうやら娘は六歳程度らしい。

だが、俺はグロッツォを信じたい。改心したとみんなに伝えるために土下座までした男だ。六歳の女の子に手を出すなんて、そんな馬鹿げたことはしないはずだ。知らんけど。

「俺ぁ、グロッツォを信じてる。だが妙な噂が立っちゃいけねぇ。ドーマよ、ちょいと手伝ってくれないか？」

クラウスも俺と同じく、グロッツォを疑っているわけではないようだ。

「もちろんです。ちなみに手伝うって、何をすればいいんですか？」

俺の質問にクラウスは少し黙った。

「……それはお前の魔術でぐわーっと盗《ぬす》み聞きするんだよ」

「無茶振りじゃないですか!?」

クラウスは魔術を万能だと勘違いしているようだ。

まあ、良い案を思いついたので引き受けるけど。

というわけで俺とクラウスはグロッツォの身辺調査を開始した。

二日後。

今日もグロッツォは木こりの家を訪れるらしく、俺とクラウスは現場に先回りしていた。

木こりの家は今にも崩れてしまいそうなくらいボロい。ギルドに借金をしているのも納得できる。

俺はクラウスを連れて木こりの家の裏に移動する。

よし、ここならいいだろう。

「かまくらを作ります」

「おうよ、俺は何をすりゃあいい？」

「ぐわーっと手伝ってください」

「お前って、案外根に持つタイプだよなぁ」

先日のクラウスを真似て言うと、クラウスはジト目を向けてきた。

そんなこんなで作業開始。

雪を運び、固め、家の死角にかまくらを作る。

力持ちのクラウスが手伝ってくれたのもあって、あっという間に二人が入るには十分すぎる大きさのかまくらが完成した。

俺とクラウスは早速その中に入る。

雪で作られているのに不思議と中は暖かい。

「で、ここからどうするんだ？」

クラウスの言葉に、俺は満面の笑みで答える。

「ここでグロッツォたちの話を直接盗み聞きするんですよ」

「……原始的な方法すぎるだろ。お前、魔術師だよな……？」

クラウスが呆れた顔でこちらを見てくるが、無視した。

魔術師だからってどんなことでもできるわけではないのだ。

クラウスの文句を受け流しながらかまくらの中で過ごすこと数十分、雪を踏みしめる音が聞こえてくる。

「む、来たぞ」

クラウスは声のトーンを落として囁いた。

ザッザッという足音のあとに、「おい、いるんだろ？」とグロッツォの声がした。続いてドアが開く音。

グロッツォは木こりの家に入ったみたいで、ドアが閉まる音のあとに会話が聞こえてくる。

「……へったろ……おい……ったくクソみてぇな……」

家の中に入ってしまったので、グロッツォの声は途切れ途切れにしか聞こえない。

クラウスはかまくらの中で耳を澄ませている。

「なんつってる？　全然聞こえん」

「確かに聞こえませんけど、そこまで怪しそうには……」

その時だった。

「や、やめて‼」

少女の悲鳴が聞こえた。

俺とクラウスはハッと顔を見合わせ、かまくらを抜け出す。

「グロッツォ、何やってんだ！」

そう叫びながらドアを蹴破ったクラウスに続いて、俺も部屋に入る。

「人としてどうかと――あれ？」

中に入るとそこにはいたいけな少女を襲うグロッツォの姿が――なかった。

白い息を吐く俺たちの目の前にいるのは、子犬に頭をかじられて苦悶《くもん》の表情を浮かべるグロッツォである。

「……な、何してんだグロッツォ？」

クラウスがグロッツォを見ながら素《す》っ頓狂《とんきょう》な声で言った。

「それはこっちのセリフっすよ、クラウスさん。それにドーマまで……いてて」

グロッツォはそう言って恐る恐る子犬を抱え、「ちっとも懐きやがらねえ……」とぼやいた。

そんなグロッツォの背後にはフードを被った、痩《や》せた少女がいる。

少女は俺たちに怯えているようで、グロッツォの背中に隠れたままだ。

この状況、どう考えても俺たちが悪役じゃないか。

団欒《だんらん》の空気をぶち壊してしまったようである。

クラウスも状況を理解したようで、ペコリと頭を下げる。

「いや悲鳴が聞こえたもんでな。早とちりしちまった」

「ああ、犬ころが噛んできただけっすよ。いつものことですけどね」

グロッツォは子犬を足元に降ろしながら、なんでもないことのように言った。

「……これはグロッツォが？」

俺が指差した先。机の上には雪を被った食料袋と、スープが置かれている。

そして少女の手には小さなスプーンが一つ。

ここから推測されることはズバリ、この食事はグロッツォが用意したもので……

「……ちげーよ。俺がそんなんするわけねえだろ」

グロッツォはぶっきらぼうにそう言うが、後ろにいた少女が叫ぶ。

「ちがわないよ！」

先ほどまで怯えていた少女が発したとは思えないほどの、大きな声だった。

グロッツォにしがみつきながら、フードの少女は言い募《つの》る。

「お兄ちゃんはいつも美味しいごはんを持ってきてくれる。犬のタマにだってやさしいの！　だから……おこらないで」

まずい。どんどん俺たちが悪役になっていく。

「い、いや別に怒ろうとしたわけでは――」

「すまねえお嬢ちゃん。俺らはお兄ちゃんを怒りに来たわけじゃねぇんだ。怖がらせちまったな」

クラウスがしゃがみこんで少女に目線を合わせてそう言うと、少女はグロッツォの背後から少しだけ顔を出す。

「……ほんと？」

「ああ、本当だ」

クラウスの言葉に少女は小さく笑った。

「ク、クラウスだけずるい！」

俺は思わず叫んだ。

だって俺だけ悪い人みたいやんけ！

そんな俺の悲痛な叫びを気にも留めず、クラウスは少女の頭を撫でる。

すると少女が被っていたフードが外れる。

「あっ――」

グロッツォは何かを言おうとしたようだが、言葉にはならなかった。

クラウスの手が止まる。

小屋の中だけ時間が数秒静止したような錯覚《さっかく》に陥《おちい》る。

「グロッツォ、お前……」

そう口にしたクラウスは、困惑したようにグロッツォの方を見る。

少女の耳は、長く尖《とが》っていたのだ。それは他でもないエルフ――魔族の特徴だ。

魔族は王国民の約九十九％が信仰する宗教――ナドア教において、最も忌《い》まわしいとされている。

王国や帝国を中心に世界に広がるナドア教は、唯一の神であり万物の父である主――ナドアを信じ崇《あが》めることで、主の恵みに与《あずか》ることができる……なんて感じの教義を掲げている宗教だ。

本気で神の存在を信じてる奴は少ないが、大陸の道徳の規範として成り立っているのは確かである。

そんなナドア教において、魔族は存在自体が悪だと見なされ、抹消の対象とされている。

森の番人、エルフとてそれは同じだ。

ちなみに俺はナドア教徒ではない。研究したい魔術がナドア教では禁術指定されているからだ。

おかげで熱心なナドア教関係者には目を付けられている。

王宮の権限でゴリ押ししているから差し当たって問題はないが。

「こ、これは違うんす！　クラウスさん……」

グロッツォは明らかに動揺している。

彼は少女が魔族であると知っていたのだろう。

「何が違うんだ？　彼女は魔族だろう」

そう口にするクラウスの声は、先ほどまでとは比べ物にならないほど冷たい。

「……いや、でも……くっ」

グロッツォは逡巡《しゅんじゅん》していた。

魔族は存在自体が悪——故に、魔族を庇《かば》うのも罪に問われる。

曖昧《あいまい》な態度を示すグロッツォを見て、クラウスはゆっくりと少女に手を伸ばす。

だが少女が不安そうにグロッツォの裾を掴んだその時、グロッツォはクラウスの手を払い除《の》けた。

「さ、下がってくだせぇ！　け、剣は抜きたくない！」

グロッツォはそう言いながら、剣の柄を握る。

「お前……」

そう呟くクラウスの額には、汗が滲《にじ》んでいた。

「グロッツォ、自分が何をしているのかわかっているのか？」

クラウスの冷徹な声に、グロッツォは声を震わせた。

「差別とか難しいことは、俺にはわかんねぇ！　でも、この子が俺らと何も変わんないってことは、馬鹿な俺でもわかります。耳が長い——それだけじゃないですか！」

グロッツォの荒い呼吸音が小屋に響く。

彼が本気である——それが痛いほど伝わってくる。

「……グロッツォ、お前の言っていることは間違っちゃいない。だがこの少女は紛れもなく魔族だ。もしこの場を凌《しの》げても、この子は一生執行官に追われ続ける。グロッツォ、お前にはずっとこの子を守り続ける覚悟はあるのか？」

クラウスの言葉は現実的だった。

魔族に寄り添うということは、執行官に狙われ続けるということと同義である。

「……一生は無理かもしれねぇ。でも、この子が一人で生きていけるようになるまでは、見殺しにしたくねえんすよ」

グロッツォは力強くそう言い切った。

あとはクラウスの判断次第だ。

とはいえクラウスとグロッツォが斬り合う、なんて馬鹿げたことにならぬよう、魔術の準備だけはしておく。

だが、クラウスは剣をガラァンと地面に落とした。

「グロッツォ、お前にその覚悟があるなら良いだろう。俺はナドア教徒じゃないからな」

そう言って、クラウスは小さく微笑んだ。

「え、違うんですか？」

俺はクラウスに尋ねた。この国にいてナドア教徒じゃないなんて珍しい。

「戦場に神はいねえからな」

「な、なるほど」

歴戦の戦士の言葉は重みが違うぜ……

そんなわけでなんとか話は纏まり、俺らはグロッツォに協力することになった。

クラウスは、グロッツォの覚悟を試していたのだろう。その場だけ救うことに意味はないからってな。

初めて俺とラウラが毒の沼を訪れた時といい、人を試すのが好きな奴だ。

グロッツォは剣の柄を握りながら、その場にへたり込んだ。

「ああ、死ぬかと思った……」

そんな彼の元に少女が駆け寄る。

「だ、大丈夫？　お兄ちゃん」

「だ、大丈夫じゃねえ……」


その後小屋の床に俺、クラウス、グロッツォの男三人は車座《くるまざ》に座り、話し合いをすることにした。

少女はグロッツォの膝の上に座り、子犬のタマは暖炉の側で寝息を立てている。

いつ木こりが帰ってくるかわからない。

クラウスは少女の耳を再度見つめてから、声を潜めてグロッツォに問いかける。

「ここに住んでいる木こりの夫婦は人間だったはずだ。その娘がエルフなんてあり得るのか？」

「いや、ラリャは養子みてえです。捨て子を拾ったんだとか」

グロッツォの話によると、エルフの少女――ラリャは、幼い頃に拾われ、そのまま育てられたらしい。

木こりは実入りのいい職業ではない。その割に捨て子のラリャを拾ってここまで育てていることを考えると、ラリャは愛されているように思えるが……

「ラリャちゃん、両親は優しかった？」

俺が話しかけると、ラリャは固まってしまう。

「え……あ……」

な、なんだろうこの罪悪感……何も悪いことはしていないのに……俺だけ……

「お嬢ちゃん、聞いてもいいかな？　お父さんとお母さんは優しかったかい？」

そうクラウスがフォローすると、ラリャはゆっくりと口を開く。

「う、うん。お母さんもお父さんもずっとやさしかったよ。でも私だけおみみが変だってわかってから、おしごとがいそがしくなったの」

どうやらラリャの耳が尖り始めたのは最近のことらしい。エルフの外見的特徴は成長に伴って現れるということか。

「それは……」

クラウスは険《けわ》しい顔をして俯《うつむ》く。俺にもなんとなく事情はわかってきた。

グロッツォが付け加える。

「ええ、俺も確認したんすけど、木こりは最近になって、明らかに家を空ける頻度が増えました。それに、ラリャに出す食事も急に少なくなってるんすよ」

あまり愉快《ゆかい》な想像ではないが、木こりは捨て子のラリャを拾い、育ててきたものの、彼女が魔族だとわかると冷遇《れいぐう》するようになったと考えるのが自然だろう。

クラウスは暗い胸中を悟らせないよう、穏やかな声でラリャに尋ねる。

「お嬢ちゃん、親御《おやご》さんはどれぐらい家を空けているんだい？」

「うーんと、大きなおしごとがあるって言って、三日前に出かけたよ」

ラリャの回答に、俺たち三人は顔を見合わせた。

クラウスは眉を顰《ひそ》める。

「三日前？　この歳の娘を残してか？」

不自然なのはそれだけではない。

「……この小屋、ものが少なすぎませんか？」

小屋の中にはものがほとんどない。

いくら貧しい家とはいえ、普通人が三人も住んでいれば、ラリャ以外の洋服やら何やらあるはずなのに……

「おいおい、まさか――」

クラウスの言葉に、俺たち三人は目を見合わせる。

恐らく俺らは今、同じことを考えている。

それは最悪の想定だが、現実に起きてもおかしくはない。

莫大な借金。厳しい冬。魔族の養子。この状況を脱する方法は——

「夜逃げしたのか……？」

クラウスの言葉に反論する者は誰もいない。

木こり夫婦は、ラリャを見捨てて逃げ出したのだ。借金取りも来られないような遠い場所まで。

「クソがっ！」

そう吐き捨てるように言って勢いよく家を出たグロッツォを追って、俺も立ち上がる。

クラウスはラリャを毛布に包んで抱《かか》き抱えて、すぐに俺たちのあとについてきた。

「どこ行きやがった!?」

グロッツォがそう叫びながら周囲を見渡す。

だが木こりが家を空けて三日経っていることを考えると、もう近くにはいないだろう。

「お任せを！」

俺は連立魔法陣『探知《ソナー》』を使う。魔力を展開し、周囲の地形や物体を把握する魔術だ。

魔力を大量に放出して無理やり捜索範囲を広げ、木こりを探す。

……いた。東に百キロ行ったところに、大きな荷物をソリに載せ、ローデシナから遠ざかっていく二人を発見した。

こんな足元が悪い時期にわざわざ引っ越しをする人がいるとは思えないし、そもそもあの辺りには人が住む場所なんてほとんどないから一目でわかる。

俺が魔術を使っている間も、グロッツォは怒り心頭だった。

「ラリャを何だと思ってやがる……」

そう言って拳を握り込んでいる。

彼のこんな一面を見ることになるとはな。

俺は魔導具『魔法の絨毯《じゅうたん》』を用意する。大量の魔力が必要だが、これを使えば空中を自在に移動できる。ちなみに、防風防寒も完備である。

ラリャを含めた四人で絨毯に乗り込むと、目的地まで全速力で飛ばす。

この速度なら、一時間もあれば辿り着くだろう。

ラリャだけが状況をいまいち把握できていないようで、グロッツォの服を掴んで不安げな表情を浮かべている。

グロッツォはラリャに笑いかけ、毛布で優しく体を包んであげている。

「ごめんな、ラリャ。ちょっとお出かけするだけだからよ」

するとラリャはあっという間に眠くなったようで、グロッツォに寄りかかって眠り始めた。

……これで木こりたちが何か言っても、ラリャには知られずにすむ。

そう考えつつ、万が一にも彼女が目を覚ますことがないように、催眠《さいみん》の魔法をかけておく。

絨毯による飛行は続く。

その間、口を開く者は誰一人としていなかった。

しばらくすると、二人の男女の影が見えた。

「……間違いねぇ」

グロッツォは二人を見てそう呟いた。

どうやら彼らが、俺たちの探す木こりたちで間違いないらしい。

木こりに近付いたところで、グロッツォは着地を待たずに絨毯から飛び降りる。そして二人に飛びかかり、胸倉を掴んだ。

「何やってやがる馬鹿野郎!!」

突然の出来事に木こりたちは困惑していたようだが、すぐに顔を青ざめさせた。どうやらグロッツォが借金取りだと気付いたらしい。

男の方が言う。

「ひ、ひっ！　お許しを！　借金が……借金がどうにもならなくて……」

「あぁ!?　借金だ!?　んなことどうでもいい！」

俺が絨毯を着地させる。

グロッツォはその上で眠っているラリャを指差して言う。

「ガキを見捨てて逃げるとはどういうことだ!?」

「し、知らなかったんだ。魔族なんて知っていれば育てなかった！　こ、この疫病神《やくびょうがみ》め！」

木こりの男はラリャを見ながらそう言った。

グロッツォは顔を真っ赤にして、小さく震えている。

「てめえ……」

グロッツォは拳に力を込め、木こりを殴る——かと思ったが、その拳は雪に打ち付けられた。

木こりは腰を抜かしながらも、驚いた顔でグロッツォを見つめている。

グロッツォは吐き捨てるように言う。

「殴る価値もねえ。二度とローデシナに足を踏み入れるな」

「ヒ、ヒィーーーーー！」

木こりたちは情けない声を上げながら逃げ出した。

そうして木こりたちが見えなくなったあとで、グロッツォは小さく呟く。

「……ラリャになんて言えばいいんだよ……」

その呟きに答えることができないまま、俺たちはローデシナへと戻った。


魔法の絨毯でグロッツォの家まで行き、俺、クラウス、グロッツォの三人は火の前で再度車座になる。ラリャはまだグロッツォの側で眠っていた。

クラウスはラリャに軽く視線をやったあと、グロッツォの方を向く。

「ラリャをこれからどうするつもりだ？」

グロッツォは小さく息を吸い込むと、はっきりとした声で言う。

「……俺が育てます」

「本気か？」

クラウスの問いかけに対しても、グロッツォは怯まず、「当たり前です」と答える。

グロッツォは本気のようだ。

ラリャは幼い。それも魔族だ。そんな子を育てるというのは、白虎を世話するとか、皇女が家に転がり込んでくるのとかとは次元が違う危険性を孕《はら》んでいる。

それでもグロッツォは怯んでいない。

そんなタイミングで、ラリャが目を覚ます。

「お兄ちゃん、ここどこ？」

「ここはな、俺の家だよ」

グロッツォの言葉を聞いて、ラリャは無邪気にキョロキョロと辺りを見渡している。

グロッツォは彼女の頭を優しく撫でながら、小さく息を吸い込んだ。

「ラリャ、その……なんだ……ラリャの親御さんが仕事で遠い場所に行くみたいでよ……」

「グロッツォオオオオオオ」

言葉を探しながらラリャに向き合うグロッツォを見て、クラウスは泣いた。

雰囲気が台無しである。

全力の男泣きをするクラウスを横目に、グロッツォとラリャは話を続ける。

「……だからさ、しばらくこっちには帰ってこられないみたいなんだ」

「……そうなんだ。お父さんもお母さんも、おしごといそがしそうだったもんね」

「だからさ、しばらくの間、俺と一緒に暮らさないか？　ラリャ」

ラリャは不安げな様子で尋ねる。

「お兄ちゃんと……？　いいの？」

「あぁ、一緒に暮らそう」

グロッツォが力強くそう言うと、ラリャは花が綻《ほころ》ぶような笑みを浮かべた。

やがてラリャも真実を知る時が来るだろう。

だがその時までは何も知らずに楽しく暮らしてもいいはずだ。

この日、俺はグロッツォを心の底から見直した。


結局グロッツォとラリャは村の外れに、新たに家を借りて住むことになった。

あの木こりたちが住んでいた家に住み続けるわけにはいかないし、グロッツォの家も二人と犬一匹で暮らすには少し手狭だからな。

俺は引っ越しに際して、自作の家具や魔導具をいくつか提供した。

今やグロッツォたちの家は、第二のドーマハウスと呼んでも差し支えはないほどに便利グッズが充実している。豪華《ごうか》とは言えないが、二人で楽しく暮らせる家にはなっただろう。

とはいえラリャが村で暮らす上で一番の懸念となるのは、やはり魔族狩り執行官の存在だ。

まぁ、それについては今のところはなんとかなっている。

周囲に住む村人の数人にラリャが魔族だとバレてしまったのだが、（グロッツォの詰めの甘さが露呈《ろてい》した形だ）村人たちは漏れなく執行官には憎悪の炎を燃やしているらしく、ラリャを密告するつもりはないのだそう。執行官は横暴で、魔族を排するためなら平気で一般人にも迷惑をかけてくるから、嫌っている者が多いらしい。

そもそもローデシナの村人はほとんどナドア教徒じゃないらしいし、村の中で迫害される可能性もない。辺境は信教も一味違うのだ。

というわけで、油断こそできないが、ラリャの耳をしっかりと隠しておけば、当面は平和な暮らしが送れるだろう……

グロッツォとラリャが一緒に暮らし始めてちょうど一ヶ月後の今日。

そんなことをぼんやり考えながら歩いていると、突然背後から声をかけられる。

「すみません、お話を聞きたいのですが」

振り向くと、黒い制服を着た女性が立っていた。

「魔族狩り執行官補佐のミコットです。少しお話を伺っても？」

……なんてことだ。

4

俺に声をかけてきた女性——ミコットは黒のコートを羽織り、胸には魔族狩りを表す【犬の紋章】を付けている。

髪色は薄灰色。前髪はパッツンに切り揃えられており、長く伸ばされた後ろ髪は一本の三つ編みポニーテールに纏められている。

それだけを見れば真面目な印象だ。しかし、華奢な体つきに似合わない巨大な斧が背負われていることで、ただならぬ雰囲気が醸し出されている。

「し、執行官？」

あまりにもタイムリーな人物の登場に、俺は思わずたじろいだ。

「執行官補佐です。お間違えなく。ところで——この吹雪の中どこへ？」

キラーンとミコットの目が光った気がした。

まさかもうラリャのことがバレているのか？

「し、知らない！　お、俺はやってないぞ！」

「え？　何をですか？」

「……」

しまった。逆に不審がられてしまった。

いや、矛先がラリャではなく俺に向くなら、逆に安心か？

ミコットは笑みを浮かべる。

「安心してください。魔族関連の話ではありませんよ」

「ひいっ！」

「な、何故怖がるのですか」

詐欺師《さぎし》が「騙《だま》さないから！　絶対騙さないから！」と言いながら近寄ってくるようなものだ。逆に怖いだろ。

だが警戒する俺を無視して、ミコットは雪を踏みしめてこちらに歩いてくる。

そして、すんすんと鼻を鳴らす。

「ふむふむ……やはり匂いますね」

「に、にお……？」

執行官は優れた嗅覚を持っていて、魔族の匂いがわかるという噂を聞いたことがある。

まさかラリャと会っていた俺からも……

「あ、いや、違います。実はミコット、数日間何も——」

そんなミコットの言葉を遮るように、彼女の腹が『グー』と元気よく鳴いた。

ミコットの動きがピタリと止まり、かぁっと顔が赤く染まる。

「……お腹が空いているなら、最初からそう言えば良かったのでは？」

俺の言葉に、ミコットは恥ずかしそうに俯いた。

「うぅ、だってローデシナの皆さん、執行官に当たりが強いんですよ……」

執行官は全国を飛び回り、魔族を探す。その際の食料は現地で調達するのが基本だ。

だがローデシナの住民はミコットに石を投げ付け暴言を吐き、水を浴びせ……と食料ではなく嫌がらせをくれてやったらしい。

ローデシナ、治安悪っ。

しかし話を聞くに、ラリャのことを勘付かれたようではなさそうで、少しホッとする。

「良ければその……ミコットにご飯を分けてくれませんか？」

そう言って、ミコットは俺を見つめる。

真剣な眼差《まなざ》しに先ほどのお腹の音。とても彼女が嘘を付いているとは思えない。

仕方がない。田舎は助け合いが肝心だ。それは相手がたとえ厄介な魔族狩り執行官だとしても。

「そういうことならご馳走《ちそう》しますよ」

ミコットは、グギュルルと腹を鳴らしながらはにかんだ。

「あ、ありがとうございます！　え、えへへ……実はもう三日も何も食べてなくてですね……」

俺はそんな悲しい発言をするミコットを連れて雪道を進み、洋館まで帰ってくる。

「わぁ。見事な邸宅に住んでおられるのですね。とても美味しそうな香りがします」

ミコットはじゅるりと涎を垂らした。

今はニコラとナターリャが夕飯を作っている時間だ。

近付いてみると、ほのかにスープの香りがする。

執行官が鋭い嗅覚を持つというのは本当らしい。

……鋭い嗅覚ってそういうことなのか？

家の前に着くと、庭で雪と同化していたイフが、ぶるぶると身を震わせて雪を落としながらやってきた。

精霊であるイフは寒さを感じないので、外で楽しく遊んでいたらしい。

「おーよしよし」

俺が頭を撫でてやると、イフは気持ち良さそうな声を上げる。

「グワフッ！」

うん。完全に犬だ。

ミコットも「可愛いペットですね」とイフを眺めている。

白虎の威厳も形なしである。

イフを撫で終えて、「ただいま」と言いながら玄関のドアを開けると、ノコが駆け寄ってきた。

「あ、イフ！　また外に出てたですね？　少しはノコの高貴たるモフモフ生活に貢献するです。あ、人間さんはおかえりです」

俺を出迎えるのはついでかよ。

ノコはイフの毛に触れ、あまりの冷たさに嫌な顔をする。

そんな一家団欒の風景を見て、ミコットは頬を緩ませる——どころか険しい顔をしてノコを指差す。

「この子は？」

隠す理由もないので、俺は正直に答える。

「ノコと言います」

「……やはり怪しいと思っていました」

ミコットはそう小さく呟いた。

「何のことです？」

俺の質問に、ミコットは鼻を鳴らす。

「ふん、とぼけないでください。執行官補佐も侮《あなど》られたものです」

そしてキリッとこちらを睨みつけると、斧の柄に手を掛けながら、反対の手でノコの肩を掴む。

ノコは驚いたように体を硬直させた。

「彼女はどう見ても魔族じゃないですか。執行官補佐の権限で彼女を連行します」

ミコットは自信満々にそう言うが、ノコは魔族じゃなくてキノコの妖精である。

俺は冗談かと思って、「は？　いやいや、ノコは魔族じゃないですよ？」と言うが、ミコットは真剣だ。

「それは我々が調べること。邪魔するつもりなら執行官補佐として厳正な対処をしますよ」

ミコットはノコを片手で抱き抱えると、もう片方の手に持った斧の先端を俺の方へ向ける。

嫌な予感がした。

魔族狩りの調査といえば、容疑者を火にくべ、燃えれば有罪、燃えなければ無罪と断ずるひどいものである。

まあノコはちょっとやそっとの火では燃えないだろうが……

ミコットは斧を俺に向けたまま口を開く。

「あなたからも微《かす》かに魔族の香りがしました。美味しいスープの匂いでは誤魔化されませんよ！」

俺からする魔族の匂いは、恐らくラリャのものだろう。

ミコットの鼻は本物だが、目は節穴である。

だが、そうなるとかえって厄介だ。

実力行使で黙らせるのは簡単だが、執行官に手を出すと大変なことになる。

そんな俺の葛藤など露《つゆ》知らず、ミコットは堅苦しい口調で、意気揚々と説明する。

「執行官補佐には特権があります。国王陛下の威光が健在である限り、王国民の方々はミコットたちに従う必要があるのです」

見るからに彼女は、権力や規定に実直なタイプだ。真面目だが融通《ゆうずう》が利かない——そんな人物を説得するのはなんというか……

「めんどくさ」

「え？」

ミコットは己の耳を疑うように聞き返してきた。

「なんでもないです」

「今何か言いましたよね？」

「なんでもないです」

ただ、このまま引き下がるわけにもいかないし……

仕方がない。論破王と（三歳の時に）呼ばれた俺の実力を見せてやろう。

「……しかし、いきなりノコを連行するというのは横暴ではありませんか？　ノコが魔族だと言うのなら、正当な証拠を書類で提出していただきたい」

「いいえ。必要ありません。ミコットは国王陛下から勅命《ちょくめい》を受け、ここに来ました。我々が正義です」

「な、なんですと!?」

自信満々に言い切られると本当に逆らってはいけないような気がしてきてしまうな。

その後もミコットとの押し問答が続く。

ミコットはノコを魔族と思い込み、王族の権威《けんい》を笠《かさ》に着て無理やり連行しようとしている。

これではそもそも議論にならない。ならば！

俺は鞄《かばん》からあるものを取り出し、手にはめる。

「――それではあなたは俺が魔族を匿《かくま》っていたと、そう言いたいわけですね？」

「……そ、それは、王宮魔術師の紋章!?」

王宮魔術師。それは王族から直接任命された、権威ある魔術師のこと。

王宮《ロイヤル》と名の付く身分の人間を罵《ののし》れば、それは彼らを任命した王族を罵ることと同じ。

つまり、俺が魔族を匿ったと断定するのは、王族が魔族を匿ったと言い切るのと同義なのだ。

ミコットは思わず斧を床に落とした。

その隙にノコは彼女の手の中から逃れ、毛を逆立たせたイフの背後に隠れる。

ノコは怯えるどころか「人間さん、早くやっちまうです」と腕を振り回している。

……まさに王の器だな。

俺はそれを横目に、念押しするように言う。

「俺は、王宮魔術師のドーマです。これでも疑いますか？」

「た、大変失礼しましたっ」

すぐさまミコットは片膝を立てて跪《ひざまず》き、顔面蒼白で頭を下げた。

目には目を。権力には権力を。

相手が虎《とら》の威《い》を借る狐《きつね》ならば、こちらはそれよりも大きい虎の威を借りればいい。

王族と直接的な関係のある王宮魔術師と、勅命を通した間接的な関係の執行官の、それも補佐とあれば立場は前者の方が圧倒的に上だ。

俺の一言で、彼女を侮辱罪《ぶじょくざい》で牢屋《ろうや》にぶち込むことだってできる。

もちろんそんなことを俺がするわけはないが。

手続きとか色々面倒だし……

それに……俺が魔族を匿っているのは本当だし！

「そのような御身分とは露知らず……何卒ご容赦を……」

その後もミコットは、土下座すらしかねない雰囲気で謝罪の言葉を並べてくる。

まぁ彼女にとって魔族を探すのは仕事だし、俺も本気で怒っているわけではない。

俺はミコットに顔を上げさせてから言う。

「別に咎《とが》めるつもりはありませんよ。二度とあのようなことをしないと誓っていただけるのならば、ですが」

「うぅ、すみません……この命を懸けて誓いますぅ……」

ミコットは涙目になっていた。

俺の大勝利！　のはずなのに何故か罪悪感が襲う。

こんな論破、タノシクナイ。

そんなタイミングでラウラとサーシャがやってきた。

「ドーマが人を泣かせてる」

「いつかやると思ってたわ」

「誤解だよ！」


みんなにことの経緯を説明した結果、俺がミコットをいじめたという誤解はどうにか解けた。

ミコットもノコを魔族だと勘違いしただけだしってことで、糾弾《きゅうだん》されずに済んだ。

ちなみに彼女に嫌疑《けんぎ》をかけられたノコは「どさくさに紛れて服に胞子を忍び込ませてやりました。明日が楽しみです」と不穏なことを得意げに呟いていた。まあいいか。

話が纏まったところで、夕食を食べることに。

そもそも食事をしにきた腹ペコ執行官補佐は「ミコットは失敗ばかり……ああまた怒られてしまいます……」としょんぼりしながらも、ニコラの絶品オニオンスープを頬張っている。

繊細《せんさい》なのか図太いのかよくわからん奴だ。

サーシャが気品溢れる所作で食事を摂りながら、ミコットに尋ねる。

「ところで何故ローデシナに？　こんな場所に魔族はいないでしょう？」

「皆さんはエルフがいるという噂を聞いたことがありますか？」

ギクギクリ。

心臓の鼓動が速くなるのを感じる。

やばい。なんとか誤魔化さないと。

「さ、さあ～～エルフの少女なんて見たことないですし」

「そ、そうですか……ん？　少女？」

「げふんげふん」

語るに落ちるとはこのことである。

だが、ミコットはそれを追及することなく、そのまま続ける。彼女が天然で良かった。

「実はとある木こりから、この辺りに魔族がいるという話を聞きまして」

その木こりとは、ラリャの元養父だろう。

おいおい、あの野郎……

速攻でラリャのことを売る薄情さに愕然として、何も言えない。

俺のそんな反応に気付くことなく、サーシャは言う。

「本当なら大変ね……魔族探しなら私たちも協力するわ。ね、先生」

「あ、ああ……」

俺の曖昧な返事に、ミコットは目を輝かせた。

「本当ですか!?　かの王宮魔術師様に協力していただけるなら百人力《ひゃくにんりき》です！」

ま、まずいぞこの流れは。

「いやぁ、でも、俺も忙しいし……」

「ミコット、実は成果を挙げないとクビになるところだったんです。でも、光明《こうみょう》が見えてきましたよ！」

「私の先生にかかれば楽勝よ！」

何故サーシャが誇らしげなんだ……

いつの間にか魔族と魔族狩り執行官補佐の間で板挟みになってしまった。

俺は一体どうすればいいんだ。

ニコラをはじめ精霊たちは人間のドタバタ劇なんかには興味がないようだし、ナターリャもナドア教徒である。事情を説明することはできないだろう。

味方は……味方はいないのか……

「ドーマ、へいき？」

気付けばラウラが俺の手を握り、顔を覗き込んでいた。

ラウラか……うぅん、絶妙に頼れない。

戦闘面ならまだしも、センシティブな話題に、純真なラウラは巻き込みたくない。

「大丈夫だ、心配するな。なんとかしてみせる」

「……うん。がんばって」

ラリャを守りつつ、ミコットに手柄を立てさせなくては……何か妙案はないだろうか。

ミコットとラリャに関することを考えているうちに、十二月の末《すえ》になっていた。

年越しを迎える前には、ナドア神の誕生を祝う生誕祭がある。

というか、今日がその日だ。

今日はこの世界の誰もが豪勢な食事と火を囲み、歌ったり踊ったりしながら夜を明かすのだ。

ナドア教徒ではない俺ですら、この日ばかりは生誕祭にかこつけてパーティーを開く。

「ミコットも参加しますか？」

俺は隣を歩くミコットに声をかけた。

あれから度々ミコットのパトロールに付き合っていて、今もその最中。

当然、ラリャとは別方向に誘導しているので、まったく無駄なパトロールではあるのだが。

「……その、ミコットが参加すると、皆さんが楽しめないんじゃないですか？」

ミコットは寂しげな表情でそう聞いてきた。彼女は意外と繊細だ。

「そんなわけないでしょう。土産《みやげ》に食料の一つでも持っていけば、みんな受け入れてくれますよ」

「ドーマさん……」

俺の言葉に、ミコットは瞳を潤《うる》ませる。

別にミコットを励ますために言ってるんじゃない。うちの住民は、ご飯をたくさん食べるからな。

そんなわけで、とりあえず狩りを手伝ってもらうことにした。

狙うは秋の間に脂肪を蓄え、厳しい冬で身が引き締まった巨大猪《ジャイアントボア》という魔物だ。

「ふ、二人で巨大猪を狩るんですか？」

「俺ら以外に誰かいますか？」

「うぅ……異常です」

まあ巨大猪は一応Aランク冒険者が狩るのが適正とされているが、突進の威力は弱く、まともに受けても骨折ぐらいで済むだろう。

「骨折なんてほぼ無傷なので、安心してください」

「まったく安心できないのですよぅ!?」

ミコットの言葉を無視して、俺は少し離れたところに身を隠す。

俺の作戦はこうだ。

まずはミコットが巨大猪を引き付け、突進を誘う。

突進を繰り出している最中は隙だらけなので、魔術を容易に食らわせられる。

今回試す予定の魔術は三十三層式連立魔法陣『爆裂《ばくれつ》』だ。これは体内の臓器だけを破壊して敵を殺傷する凄《すさ》まじい魔術である。

これの一番良いところは、肉に傷が付かないので、味を損なわないという点にある。

作戦通り巨大猪はミコットを見つけると、全力の突進を仕かけてくる。

ミコットは全力で突進を回避した。

補佐とはいえ、流石執行官補佐、身体能力はかなり高い。

俺はミコットに攻撃を躱《かわ》され、隙だらけになった巨大猪の胴体目がけて『爆裂』を放つ。

だが『爆裂』は、巨大猪に使うには威力が高すぎた。

巨大猪は魔術を受けた瞬間に爆散し、肉片と化してしまう。

魔物の血と肉片を全身に浴びたミコットが、恨めしそうに見てくる。

す、すんまへん。

俺は慌てて魔術で地面に穴を掘り、そこに雪を詰めて溶かし、温めた。それによって簡単な露天風呂ができる。

周囲にはサーシャたちを着替えさせる時に使った、外部から見えなくなる魔術も施してある。もちろん俺からは彼女の姿は見えない。

俺の作った温泉を見ると、ミコットは機嫌を直してくれた。

「冬は着込むのでやっぱり蒸れますよねぇ」なんて温泉に入ったミコットは極楽そうに言っている。

俺はさらに彼女にご機嫌になってもらうため、提案する。

「服とか洗っときましょうか？」

「じ、自分で洗いますよう！　ノンデリ！　ノンデリカシー！」

親切心で言ったのに、ひどい言われようである。

まあ洗っただけでは着られないので、結局俺が乾かす羽目になったのだが。

修道僧のつもりで作業すれば、なんてことはない。

ミコットの着替えが終わり、改めて巨大猪を倒した現場を見に行く。

少しでも食べられる箇所があればなーなんて淡い期待があったのだが、あまりに細かくなってしまった肉片は、どう見ても食べられそうにない。

肩を落としながら周囲を見回していると……巨大猪の子供がいた。

今回はそちらをいただくことにしよう。巨大猪の子供は肉が柔らかく、美味しいのだ。

舌なめずりをしながらひと狩り行こうとしていると、袖を引かれる。

犯人はミコットだった。

「こ、子供まで狩るなんてちょっとひどくないですか？」

「では、その魔物を放置したらどうなるか、見てみましょう」

俺は先ほど殺した巨大猪の巣を探し出し、ミコットを連れていく。

そして巣の中に放置されていた人骨の山を見せると、ミコットは押し黙った。

魔物は子供であろうと害をなす前に殺す。至極当たり前のことだ。

ふと、ミコットにとっては魔族がそうなのかもしれないと思い至る。魔族は問答無用でしょっ引いて、魔物は見逃そうという主張がどういう理屈で成立しているのかはわからないところだが。

とはいえ彼女は別に魔物を狩らない主義を持っているわけではない。

結局俺とミコットは巨大猪の子供を狩り、肉を持って帰った。

「うーん、この美味しさはたまりませんねぇ」

テーブルに並んだご馳走の一つ、巨大猪の肉を頬張りながらミコットはそんなことを呟いていた。

……結局食べるんかい。

生誕祭における我が家の食卓は、いつも以上に戦場だ。

主に重戦士級のラウラとノコが料理の種類関係なく半分を平らげる。

しかしそれ以外のメンバーだって小食ではない。サーシャは高級食材を使った料理や珍味を中心に、ノコは肉を、ニコラとナターリャは野菜や魚を中心に食べる。

皿が次々空いていく。

俺？　もちろん残り物担当です。

だが今回は、巨大猪の子供の丸焼きをいただくことができた。

獣独特の臭みはほぼなく、スパイスをまぶして焼いたのだろう、香ばしい匂いがする。

スッとナイフを通せば肉汁が溢れ、柔らかい肉はぷるんと揺れる。

ウチのニコラ調理長が優秀すぎて怖い。

肉を一切れ、口に運ぶ。

瞬間、それはなくなっていた。

否。信じられないほどの美味さによって食べた記憶が消し飛んでいたのだ。

今度は味わって食べる。

肉はとろけ、じゅわっと舌に残る脂身は濃厚さを主張しながらも、決してしつこくない。

トマトベースのソースを付けると、酸味と甘い脂がマリアージュする。

まるで自然の旨味の宝石箱やー！

「ちょっとミコット、どんだけ食べるのよ！」

サーシャが指摘するのも無理はない。ミコットは先ほどからありとあらゆる料理をバクバクと食い続けている。ちなみに彼女は酒も好きなので、ドーマ・ワインもグビグビ飲んでいる。

「うぅ、ごめんなさい。でもミコット、食べる手が止まりません……」

「メ、メイドとしての腕が鳴るのです」

ニコラはそう言い残すと、慌てて厨房に戻っていく。

ミコットの食欲は無限大だ。

ラウラといい勝負である。

家計への負担は大きいが、食卓が賑やかになるのは嬉しい。

ミコットは今日だけでなく、たまに家にやってくる。

最近は村の隅《すみ》に借りた家を拠点に、辛抱強く魔族を探しているらしい。

まあ俺がラリャを見つけられないように上手く誘導しているのでまったくの無駄なんだが。

罪悪感でお腹が膨れてきたぜ。

「そういえば皆さん、王都の生誕祭がいかに素晴らしいか知っていますか？」

アルコールが回ってきたのか、ミコットは上機嫌にそう切り出す。

「知ってるわよ。でも帝都の方が凄いんだから」

ナドア教徒であり、帝国皇女でもあるサーシャは自国の祭りを誇りに思っているようで、そう口にした。

ナターリャもサーシャの言葉に大きく頷く。

「お嬢様のおっしゃる通りです。皇帝陛下はいつだって主の意を汲《く》んでおられますからね。非常に信心深い方なのです」

「さすがナターリャ、わかってるわね！」

それに対してミコットも張り合う。

「確かに帝都の祭りが凄いことは認めましょう。ですが王都の生誕祭は――」

ミコット、サーシャ、ナターリャ。ナドア教三人衆がわいわいと語り合っている中で、興味のないそれ以外のメンバーは、俺含めぼーっとしていた。

そういえばラウラもナドア教徒ではなさそうだ。

というのも、ナドア教徒は人、魔物問わず頭を斬ってはならないという戒律《かいりつ》がある。

だがラウラは躊躇なく万物を一刀両断しているので、ナドア教徒であるわけがない。

閑話休題《かんわきゅうだい》。

「そういえばグルーデンの冬風祭《とうふうさい》ももうすぐですね」

俺は何気なく思い出したことを口にした。

それに答えてくれたのはミコットだった。

「冬風祭ですか？　有名なお祭りですよね。ミコットも行ってみたいです」

グルーデンでは一月中旬頃に、冬風祭というイベントが開かれる。

冬の恵み（そんなもんがあるのかは知らないが）を運ぶ風に感謝し、ほぼ全裸で雪の中を練り歩き、最後には凍った湖にダイブするというイカれた祭りだ。

王国三大奇祭——もとい王国三大祭に数えられるこの祭りを見に、その時だけはグルーデンに多くの人が押し寄せる。

見ている分には面白い。そう。見ている分には……

ミコットはハッとして、思い出したかのようにブルッと体を震わせた。

「冬風祭には浮かれた金持ちが集まるため、悪事を働こうとする魔族が集まりやすく、執行官も多く駆り出されるんです。ピリピリしたエリートたちが集まる現場……ああ想像するだけでも恐ろしい」

ピキーン。ミコットの話を聞いて、名案が浮かんだ。

「では、冬風祭で執行官に先《さき》んじて手柄を立てれば出世できるんじゃないですか？」

「えーミコットがですかぁ？　無理ですよぅ。執行官は凄腕で、鼻が利く上に勘も鋭くて……うう、ミコット、また怒られてしまいます」

涙を滲ませながら虚空を見つめて震えるミコット。

しかし、ミコットにはなんとか手柄を立ててローデシナから去ってもらわなければ困るのだ。

彼女自身は良い奴だが、執行官補佐に村にいられると、ラリャがのびのび生活できないからな。

「俺ももちろん協力しましょう。ミコットが手柄を立てられるよう！」

俺はそう言ってミコットの肩に手を置く。すると彼女は頬を緩めた。

「ほ、本当ですか？　な、なら頑張ろうかな。えへへ……」

照れ臭そうにしながら、ミコットは何故か下を向いた。

うっ。何故か悪いことをしている気になってしまう。

そんなやりとりを見て、サーシャは俺にジト目を向けつつ言う。

「ふーん、それなら私も行くわ。いいでしょ先生？」

「え？　別にいいけど」

けど、なんでそんなジトーっとした目線を送ってくるんだ。

そう考えていると、ニコラが裾を引っ張ってきた。

「ご主人様」

ニコラの視線の先にはラウラがいた。

彼女は何かを察してほしそうにこちらをジッと見ている。

「ラ、ラウラも行く？」

「ん！」

俺が聞くと、ラウラは元気よく頷いた。

気のせいかな。俺の精神的負担が日に日に重くなっていくような気がするんですが。

俺は内心溜め息を吐きながらも、ノコの方を向く。

「ノコはどうする？」

「別に興味ないです。ノコは哀れなボガートが泣かないようにこの家にいてあげるです」

「ぬぬ、ニコラは別に寂しくないもん！」

ニコラはボガートなので、この洋館からはあまり離れられないもんな。

だがそもそも精霊は人間のお祭りには興味はないようだった。

基本的に、精霊は関わる人間にしか関心を示さないらしい。

それ以外は全て些細なこと……その精神はぜひ見習いたい。

結局、俺とラウラ、サーシャとナターリヤ、そしてミコットがグルーデンへ向かうことになった。

精霊組がお留守番だが、心配なのでバストンに見回りに来るよう頼んでおこう……

ノコに振り回されるバストンの困り顔が目に浮かんだ。

5

ローデシナ村内で凍死者を出すことなく、新年を迎えることができた。

途中、冬の寒さにより命の危険にさらされた人は何人かいたが、俺が駆けずり回ってなんとかした。

本当はもっと目立たず暮らしたいのだが、人命に関わる問題なので、仕方ない。

年が明けてから、ラウラはよりいっそう訓練に励んでいる。

以前は午前にしか行っていなかったトレーニングを午後にもやるようになり、その内容もハードになった。

何か思うところでもあったのだろうか……いやそんなことはないか。

訓練の時以外、ラウラは相変わらず毎日ぼーっとしている。

うん。これでこそラウラだな。

そしてサーシャは、ようやく三層式連立魔法陣を習得した。

実戦で安定して使うのはまだ難しいだろうが、誰にも邪魔されなければ失敗しない程度には仕上がっている。

三層式を習得できるかどうかは才能による部分も大きい。

これを扱えれば国家魔術師になれると言われるぐらいだ。

弟子が成長してくれて俺も嬉しい。

でも、こんなに寒いのに露出の多い服を着続けるのはやめてほしい。見ているこっちが寒くなる。

ミコットは計画通りなんの成果もなく、直属の執行官へ新年の挨拶をしてきたらしいのだが、

「また怒られました……ミコットもっと頑張らないと」と危うく奮起しかけていた。

暖炉の前に座らせ、マッサージをし、ニコラの料理を食べさせてやる気を削いでおく。

「……あ、あぁ～ミコットはダメになってしまいます……」

なんて言いながら、ミコットは見事に緩んだ顔をしていた。チョロすぎる。

そんな日々が続き、気付けばグルーデンに出発する日がやってきた。

冬仕様の馬車はまるで昔の戦車のように重々しく、それを引く馬もがっしりとしている。

「ドーマさん……ほ、本当にこんな立派な馬車に、ミコットも乗っていいんですか？　外じゃなくて中に乗っても……？」

「……はい。しっかり乗ってください……」

ミコットの苦労が垣間見えて、涙が出そうだ。


二週間の馬車旅は滞《とどこお》りなく終わった。

だがグルーデンが近付くにつれ、ミコットの緊張度合いが増していく。

というのも、グルーデンにはミコットの上司がいるらしいのだ。

……上司といえば、俺も王都にいた時は理不尽な上司に苦しめられたものだ。

王宮魔術師を統括していた、フォルグ幹部長……彼は今、何をしているだろうか。

かつての上司に想いを馳《は》せながらグルーデンの門をくぐり、馬車を止める。

祭りは三日後だが、街にはすでに人が溢れかえっていた。

これでは、すぐにはぐれてしまいそうだ。特にラウラは……

「あれ？　ラウラは？」

「先ほどどこかへ行ってしまいましたが」

馬を預ける手続きをこなしながら、ナターリャはサラッと言った。

終わった。

……まあ死にやしないだろう。

ラウラはとりあえず放っておくとして、俺たちは以前利用した宿、『木漏れ亭』へ向かう。

木漏れ亭は俺が初めてグルーデンに来た時に使った宿だ。

ラウラと初めて出会ったのもここだった。

「お、アンタは前にも見た顔だね！」

店の中に入ると、女将さんが声をかけてきた。どうやら俺のことを覚えていてくれたらしい。

「お久しぶりです。女将さん」

「また来てくれるとは嬉しいね！　特別サービスで一部屋金貨一枚だよ！」

「高っ⁉」

ちゃっかりお祭り価格になっていた。幸いお金には余裕があるので、問題はないが。

「お、お金……」とおろおろするミコットの分も支払い、女性陣と俺の分で二部屋を借りる。

二部屋借りたので、一泊で金貨二枚。とんだ高級宿だ。

とはいえ無事寝床を確保したので、荷物を割り当てられた部屋に移していく。

するとサーシャが、自身の荷物を持って俺の部屋にやってきた。

「私もこっちの部屋がいいわ。景色が素敵だもの」

サーシャがそう言うのでこちらの部屋は彼女に譲り、俺は仕方なくもう一部屋借りた。

「……ガードが固すぎるわ」

何故かサーシャは喜ぶどころか、そう言いながら悔しそうな顔をしている。

女心は良くわからない。

部屋に荷物を置き、俺とミコットは街で魔族探しをすることにした。

狙いは断罪されて然《しか》るべき、悪い魔族である。無実の魔族を捕まえるわけにはいかない。

サーシャは長旅でくたびれたらしく、しばらく宿で横になると言っていた。

ナターリャも彼女の側にいるらしい。

結局ラウラは戻ってこなかったので、魔族のついでに探すことにした。

そんなわけで、祭りの前特有の活気溢れる街を見回しながら歩いていく。

道の脇には雪が積もっているが、露店が数多く立ち並んでおり、大変賑わっている。

露店巡りをする人々は皆、楽しそうだ。

「スンスン、匂いますね。これは名店の香り！」

早速ミコットは、露店に引き寄せられていた。

「やる気ありますか？」

「はて？」

ミコットは露店でデニッシュを購入しながら、首をコテンと傾げた。

そして、「ん～～～！　美味しいですぅ！」なんて言いながらデニッシュを頬張った。

……楽しそうで何よりだけどさ。

それからしばらく歩いていると、ミコットが道端の店を指差した。

「ドーマさん！　あちらにとても綺麗なお花が栽培されていますよ！」

「ああ、雪鈴花《せつりんか》ですね。あれは残念ながら観賞用でしょうね」

「い、いえ。あの、別に食べようと思ったわけではなく、ただ綺麗だなと思って……」

ミコットは恥ずかしそうに下を向いた。

流石に花までは食べようとは思わないよな。すまん。

そんな時、背後から「泥棒《どろぼう》だ!! 捕まえてくれ!!」という叫び声が聞こえた。

振り返ると、誰かが人を押しのけこちらへ進んでくるのがわかる。

ミコットが鼻を鳴らしながら、呟く。

「スンッ、これは……魔族?」

ほう。ちょうどいい。

悪事を働く魔族を捕まえれば、ミコットの評価も上がるだろう。

「やりますよ、ミコット」

「はい!」

ミコットは斧を構え、魔族を待ち構える。

準備は万全な俺らの目の前に現れたのは、フードを被った男だった。手には鞄を抱えている。

「どけ、どいてくれ……」

てっきり悪事を働く魔族は、悪人顔をした武骨な体格の奴だと思っていた。

しかし、男の声に覇気《はき》はない。

服から覗く手足は枯れ枝のように細く、走り方もよろよろとしている。

俺は、思わず固まってしまった。

「ド、ドーマさん⁉　ミコットはどうすればいいですか⁉」

あわあわしているミコットを横目に、魔族が脇を通り過ぎていく――

その瞬間、ガシャーンという大きな音とともに、魔族の男が周囲の屋台を巻き込みながら吹っ飛んでいった。

男は潰れた屋台の下敷きになり、動かなくなった。

……一体何が起きたんだ？

「うぅ！　まずいです！」

ミコットは慌てたようにそう声を上げた。

彼女の視線の先にいたのは棘《とげ》の付いた棍棒《こんぼう》を手に持つ、大きな男だ。

年齢は、初老くらいだろうか。

その男は屋台だった木片をどかすと、無言で魔族の男を殴りつけた。

棍棒で、何度も何度も何度も何度も何度も何度も。

そう、俺が想像してた悪い魔族はこんな感じだ。

「それ以上やったら、死んでしまいます」

流石に魔族憎しの執行官とはいえ、ショッキングだったのだろう。ミコットはそう口にした。

ピタリと男は手を止め、こちらを不気味な目でジッと見つめる。

その隙に俺は魔族の男を庇うように前に出て、棍棒の男の前に立つ。

男は丸い眼鏡をかけ、ジャケットを羽織っている。

その服装だけなら紳士のようだが、大量の返り血のせいでそうとは見えない。

男はゆっくりと口を開く。

「……殺すつもりだ」

「たかが窃盗《せっとう》で？」

俺が聞くと、男は抑揚のない声で答える。

「これは魔族だ。存在が罪である」

男は再び棍棒を振るった。俺が目の前にいるのにもかかわらず、だ。

邪魔する奴はもろとも排除するという意思表示だろう。

「うおっ」と声を上げながら、俺が思わず結界魔術で攻撃を防ぐと、男は苛立ったように連続で棍棒を振るってくる。

しかし結界魔術にはヒビ一つ入らない。

男は棍棒を地面に突き立て、俺を睨みつける。

「お前、何者だ」

「人に名前を尋ねる時は――」

「シンプソンだ」

「あ、どうも、ドーマです」

シンプソンは再び棍棒を結界魔術に打ち付け始める。

なんだ、コイツは。学習能力がないのか。

「まままま待ってください！」

そう震える声で言いながら、ミコットが俺たちの前に飛び出すと、再び男は手を止めた。

「……ミコット。愚鈍《ぐどん》な奴だと思っていたが、ついに魔族を判別することすらできなくなったか？」

ミコットは、震えながらもシンプソンを見上げる。

「ちちち違います！　この魔族は先にミコットが見つけました。処分の権利はミコットにあるはずです！」

二人の会話からして、ミコットとシンプソンは面識があるらしい。ということはシンプソンも魔族狩り執行官か、その関係者の可能性が高い。

しばらく二人は話をしていたが、シンプソンが突如として棍棒を振りかぶる。

「……黙れ」

「ちょっ――」

俺が止める間もなく、シンプソンは棍棒でミコットを打ち据《す》えた。ゴツッという鈍《にぶ》い音とともにミコットは地面に倒れた。

こいつは何をやっているんだ。意味がわからない。

幸い、ミコットは上手く受け身をとったらしく、重傷ではない。

だが、シンプソンが仲間に手を上げたことには変わりない。

どうやら彼は、理屈の通じる相手ではないようだ。

俺は七層式連立魔法陣『拘束《バインダー》』を使う。これは魔力の鞭《むち》で相手を拘束する魔術だ。

「ぬ……私に歯向かう者は、殺す」

「独裁者かよ」

俺のツッコミにも、シンプソンは聞く耳を持たない。

「魔族も、執行官に歯向かう者も大罪だ」

鞭を引き千切り、シンプソンはニヤリと笑う。

そして再び棍棒を俺に振り下ろす。

結界魔術はメキメキと鈍い音を立て――割れた。

棍棒が俺の右腕を容赦なく抉《えぐ》る。肉が裂け、骨が砕け、血が飛び散る。

シンプソンは高らかに笑う。

「グハハ、無力な魔術師よ、執行官に逆らうからこうなるのだ」

シンプソンの笑い声が煩《わずら》わしかったので、俺は腕を修復して、言い放つ。

「ふぅ、ここからはようやく正当防衛《せいとうぼうえい》だな」

シンプソンは目を細めた。

王宮魔術師といえども、何の理由もなく魔族を庇い、執行官を攻撃しては問題になる。

だが執行官に襲われ、その結果正当防衛として反撃するのであれば、文句は言われまい。

だから、さっきはわざと結界を脆《もろ》く作っておいたのだ。

「『閃光《せんこう》』」

シンプソンの眼の前に指を突き出し、光魔術を放つ。

眩《まばゆ》い光に目を焼かれ、シンプソンはたまらずうめき声を上げた。

「う……う……な、何も見えん！」

そのままシンプソンの背後に回り、彼の背中に手を当てる。

キノコックで空間転移について聞いてから、俺は長らく空間魔術の研究を続けていた。

『空間』は概念であり、実体がないために扱いが難しいが、その分大きな可能性を秘めている。

今発動している魔術も、その一つだ。

「ぐ、ぐぬおおおおおおお」

シンプソンは叫びながら足を踏ん張っている。

周囲からは俺がただ手を当てているだけにしか見えないだろうが、実は違う。

今、シンプソンは『不可視の何か』によって上から押し潰されそうになっているのだ。

地面にヒビが入り、段々とそれが放射状に広がり——やがて、彼は意識を手放した。

これが、三十六層式連立魔法陣『白撃《はくげき》』。空間を圧縮し対象を押し潰す、空間魔術である。

本当にシンプソンを圧殺するつもりはないので、俺は魔術を解除して、息を吐く。

空間魔術は取り扱いが難しい。殺傷能力が高すぎるのだ。

俺は倒れたままのミコットに、声をかける。

「ミコット、大丈夫ですか？」

「ううう……こ、怖かったです……ドーマさん」

彼女は泣きながら、俺に抱きついてきた。

「ヒュー！」と野次が飛んでくる。

う、うるせえわい！

とりあえず落ち着かせようと、ミコットの背中をさする。

だがしばらくすると、ミコットは慌てたように俺から離れていった。

……別に背中に触れたからって、白撃を使うわけではないぞ？

ショックを感じながらも、俺は倒れたシンプソンを指差す。

「……アレが執行官ですか？」

「そうですぅ……【撲魔《ぼくま》のシンプソン】。執行官の中でも過激派でして……」

ミコットが言うには、執行官の中には魔族を見つけて更生させる（儀式を経て体内の邪気を払うとかなんとか言っていた気がする）のを目的とする穏健派と、憎さのあまり見つけ次第攻撃しようとする過激派がいるのだそうだ。

彼はその過激派の中でもさらに危ない部類だ。

魔族は見つけ次第撲殺する。それが彼の信条らしい。

ヤベー奴じゃないか。

一旦気絶させたが、野放しにしていたらマズいだろうな。

騒ぎを聞いて駆けつけてきた衛兵に、シンプソンに襲われたことを説明する。

すると衛兵は気絶した彼を拘束し、どこかへ運んでいった。

これでひとまずは大丈夫だろう。

とはいえまだ問題は解決しきったわけではない。

俺はシンプソンに殴られて倒れたままの魔族の男を見る。

「この人、どうしましょうか？」

ミコットは少し考えて口を開く。

「とりあえずこの魔族はグルーデンの教会へ連れていきましょう。魔族の罪を決めるのは我々ではなく、ナドア教の司祭様ですから」

ミコットは歩き出した。

俺は魔族の男を背負い、ミコットのあとについていく。

しばらくして、魔族の男は目を覚ましたようで、掠《かす》れた声で懇願してくる。

「子供が……子供が腹を空かせて待ってるんだ……頼む……見逃してくれ……」

男はそれだけ言うと、すぐに気絶してしまった。

彼の頭には、小さなツノが一本、生えているだけ。

それだけでこうも過酷な目に遭わなければならないのか、と思わずにはいられなかった。

☆

グルーデンの冒険者ギルドは辺境三大ギルドの一つに数えられており、熟練の冒険者たちが集まる。

　若くしてギルド長に任命されたラウネは、今日も冬風祭の準備に追われていた。

　ラーネシア・ラウネ。グルーデンの冒険者ギルドの長《おさ》であり、王宮騎士ラウラの姉でもある彼女は、元々は魔術学園に通っていた。しかしそこでドーマと出会い、才能の差を見せつけられ、魔術師の道を諦めたという過去を持っている。

　とはいえドーマのことは今でも『先輩』と呼んで慕《した》っているし、愛する妹であるラウラをドーマの家に預けたのは他ならぬ彼女だ。

「……もう、終わらないわよ‼」

　ラウネは怒りを露《あら》わにしながら、一人叫んだ。

　全裸で街を練り歩くような狂った祭りのために、何故非ナドア教徒のラウネが苦労して働かねばならないのか、という怒りがとうとう噴出したのである。

　冬風祭関連の書類を放り投げると、ラウネは机に突っ伏す。

　ひらひらと舞う紙が、ラウネの桜色の髪の上に載る。

　その姿を真横で眺める人物が一人。ラウラである。

「お姉ちゃん、大丈夫？」

「わっ、ラウラ⁉　どうしてここにいるの？」

　ラウネは驚きのあまり飛び起きた。

　グルーデンに着くなり姿を消していたラウラだったが、なんのことはない、姉を訪ねに行っていたというわけだ。ドーマとラウネ、どちらにも知らせずに、というのが彼女らしい。

（こっちに来るなら手紙ぐらい寄越しなさいよ……いや、そういう子じゃないものね）

ラウネはそう折り合いをつけ、妹を心配させぬよう、笑顔を作る。

「大丈夫。ちょっと忙しいだけ」

「そう。無理しないで」

「わかってるわ」

久しぶりに妹と抱擁《ほうよう》を交わすと、嗅ぎ慣れない匂いがした。

（ああ……この子は別の場所の子になってしまったんだ……）

幼い頃から苦楽をともにしながら身を寄せ合って暮らしていた妹が自分の身を離れたことに、ラウネは寂しさを感じる。

ちなみにドーマからラウネへは、たまに手紙で『同居人が多いので邪《よこしま》なことはありません、本当です』という彼らしい弁明が届く。

（どうせなら二人がくっつけばいいのに……って、難しいかしら）

そう思いつつも、ラウネは姿勢を正す。

「それでどうしたのよ？　落ち込んだ顔しちゃって」

ラウネはそう言って、ラウラの顔を見た。

傍《はた》から見ればラウラはいつも通りの無表情だが、姉のラウネには繊細な表情の変化が読み取れる。

「お姉ちゃん、わたしは弱い？」

呟くようにそう言うラウラに対して、ラウネは思わず驚愕の表情を浮かべる。

（……弱いわけがないじゃない）

そう思ったラウネだったが、まずは話を聞くのが先だと判断する。

ラウラが弱気になると口数が増えることを、ラウネは知っているのだ。

「話してみなさい」と促すと、たどたどしくもラウラは言葉を紡ぎ始めた。

話を聞き終え、ラウネは大きく息を吐く。

「……先輩がねー。なるほど」

ラウラが語った内容を整理すると、次のようになる。

ここ最近、ドーマは明らかに何かを抱え込んでいるようなのに、誰にも打ち明けることなく、一人で解決しようとしている。なんで頼ってくれないのか――もしかして自分が弱く頼りないからか。

（まったく、健気《けなげ》ね……）

マイペースだった妹が、人の支えになろうとしている――そんな成長に、ラウネは嬉しいような寂しいような感覚を覚える。

（……妹離れができていないのは私だったのかも）

そんなことを思いつつ、ラウネは笑顔でラウラの悩みに答える。

「ふふ、心配は要らないんじゃない？　先輩は自分でできることは自分でする人よ。彼が頼ってくるまで――」

『待っていればいい』と続けようとして、ラウネははたと気付く。

（ラウラは本当にそんなアドバイスを欲しているのかしら。今まで悩むことも、自発的に相談しに来ることもなかったラウラがやっと一歩を踏み出したのに、そんな受動的なアドバイスじゃダメよね）

無責任なことは言えないと思い直し、ラウネは言う。

「今のはなしね。ラウラはどうしたいの？」

ラウラは少し考え、はっきりとした声で答えた。

「……となりに立ちたい」

その言葉に果たしてどのような意味があるのかはわからないが、ラウラの瞳の奥には確かな意志が宿っている。

（ラウラは私ができなかったことをやってのけようとしているのね……それも、無意識に）

ラウネはラウラを少し羨《うらや》ましく思った。

異常な才能を持つ者とともに過ごすことは、時として苦しみを伴う。己が数年かけて習得したことを、才能ある者は数時間で身に付ける。それどころか、少し目を離すとその背中は見えなくなってしまう。

（私はドーマ先輩にはついていけなかった。だから王宮魔術師を目指すのをやめた）

世界最高峰の存在の隣に立つには、相応の覚悟が要る。普通ならば。

だがラウラはそんなことを考えてはいない。ドーマの隣にいたいと、ただ純粋にそう思っているだけなのだ。

「ふふ、いいと思う。じゃあ、お母さんから教わった言葉をラウラにも教えてあげるわ」

ラウネは優しく微笑み、ラウラの頭を撫でた。

「花のように気高く、鳩《はと》のように純真であれ」

それは母から長女のラウネへと伝えられた言葉。

今のラウラに必要なのは覚悟ではない。それはもう備わっているのだから。

ならば必要なものは何か、それは自信だ。

誰にも媚《こ》びる必要はない。頼られるのを待つ必要もない。

ただ野に咲く花のように気高く、美しく。そして穢《けが》れを知らぬ白鳩のような純真さを持てば良い。

ラウネはその生き方を体現していた、在《あ》りし日の母を思う。

ラウネは母に憧れ、そんな女性になりたいと心から願っていた。

しかし、その言葉がより似合うのはラウラの方だと、ラウネは悟る。

（ラウラにはありのままでいてほしい。そうすれば、きっとこの子はお母さんのようになれるから）

そんな思いを胸に、ラウネが母の言葉の意味を伝えると、ラウラは「ありがとうお姉ちゃん」と口にした。

「本当にわかった？」

「ん、多分」

「あら、本当かしら？」

ラウネは冗談っぽくそう口にした。

しかし、心配する必要がないことを、ラウネはもうわかっている。

それから少し話をしたあとに、ラウラは「もう行く」と口にして、一人で去っていった。

(……成長したね。ラウラ)

頼れる人と過ごし、大きくなっていく背中がラウネには眩《まぶ》しく見えた。

視界がぼやけ、胸がじんと熱くなる。

やがて涙がはらはらと零《こぼ》れた。

「あー、頑張ろう！」

ラウネはベチッと己の頬を叩き、気合を入れ直した。

☆

「変ですね、ドーマさん」

ミコットの言葉に俺は頷く。

俺とミコットは魔族の男を引き渡すべく、教会へやってきていた。

貧民街の近くにあるからか、内装は質素だ。

俺は改めて周囲を見渡す。椅子が多く設置されているのに、周囲には誰もいない。

不気味なほどに静かな空間が広がっていた。騒がしい外とは大違いだ。

「お祭りだから休み……とか？」

俺の言葉に、ミコットは首を横に振る。

「ご冗談を。安息日以外は通常営業ですよ」

では、人っ子一人いないのは何故なのだろう。

俺は不思議に思いながらも、周囲に気を配りつつ歩く。

「あらこんにちは」

柱の陰から突如現れたのは、修道服を纏った女だった。

和やかな笑みを浮かべ、こちらに近付いてくる。

だが、ミコットは険しい表情で彼女を睨んだ。

「あなた、誰ですか？」

「ここの修道女ですよ」

ミコットは斧の先端を女に向ける。

「ご冗談を。修道女はピアスなんてしません」

「あらバレちゃった……」

女は舌をペロッと出すと、修道女の頭巾を雑に脱ぎ去り、赤く長い髪をバサッと翻《ひるがえ》らせた。

ミコットが指摘した通り、左耳にはピアスが光る。

「邪魔なのよね、コレ」

そう言ってウインクする彼女は、目を奪われるような華やかさを持っている。

ウインクしてきたってことは……もしかしたら俺に気があるのかもしれない。

などと考えていると、ミコットに足を踏まれた。

ミコットは俺と女の間に立ち、ミコットは俺と女の間に立ち、冷たい声色で尋ねる。

「司祭様はどこへ？」

「さあ？　天国にでも行ったんじゃない？」

ミコットから殺気を感じる。

飄々としたこの女と、真面目なミコットの性格的な相性は最悪だろう。

今にでも殴り合いが始まりそうな雰囲気だが、相手の狙いがわからない以上、迂闊《うかつ》に動くのはまずい。

そう思っていると、ミコットは女を指差した。

「真面目に答えてください！　ミコットは魔族狩り執行官補佐。あなたを魔族幇助《ほうじょ》犯として断罪することもできるんですよ！」

「あらら？　君たちも魔族を幇助しているみたいだけど」

女は俺の背中に視線をやりながら、そう言った。

俺が魔族を背負っていることを思い出したのか、ミコットはハッとすると、かぁと真っ赤になった。

ポーカーフェイスのできぬ女である。

女は俺の方を見て言う。

「そもそも私、君たちと戦うつもりはないんだけど。勝ち目のない戦いって無駄じゃない？」

俺が誰だか気付いているのだろうか。もしくは俺に気が……以下略。

「ど、どういうことですか！」

ミコットの言葉に、女は小さく笑った。

「だから私は君たちの敵ではないのよ」

「じゃあ……味方なんですか？」

そう言って斧を下げるミコットに、女は呆れた顔をして「単純な奴……」と呟いた。

それについては俺も激しく同意だ。

女は肩を竦《すく》めながら、笑みを溢す。

「さあね。でも私はきっとあなたたちが望んでいることを叶えてあげられる」

「ほう」

じゅるり。

何故かミコットの口から涎が垂れたが、食べ物のことではないと思う。

それを見てまたしても呆れた表情を浮かべつつも女は気を取り直し、口を開く。

「私は博愛主義者でね。罪のない魔族を支援しているんだ」

「やはり魔族幇助犯じゃないですか！」

ミコットの指摘に対しても、女は余裕な態度を崩さない。

「いいえ、幇助って罪を手伝うことでしょ？　罪のない魔族なら何も問題はないと思わない？」

「う……き、詭弁《きべん》です！　魔族は存在自体が人を脅《おびや》かします。だから……」

ミコットはそこで言葉を切ると、黙ってしまう。

彼女も先ほど魔族の男が過剰な粛清《しゅくせい》を受けたのを見て、揺らいでいるのだろうか。

「魔族はみんな死刑だって、素晴らしき司祭様はそう言うでしょうね。窃盗程度で死刑だって」

「それは……確かにひどいと思いますが……」

「でしょ？　だから私が哀れな魔族を救ってあげるの。ああなんて可哀想な人たち」

女は魔族の男に近寄ると、治癒のスクロールを使って傷を癒した。

そのスクロール、どこかで見たような……

「彼の身柄は預かる。いいでしょ？」

治療が終わると女は俺から魔族の男を回収しようとする。

だが、このまま黙って渡すことはできない。

「いいや、待ってください。それではミコットの手柄がなくなってしまいます」

「ドーマさん……」

ミコットは子犬のようにうるうるした目で俺を見つめる。

彼女はローデシナに来てからろくに手柄を立てられていない。

このままではクビになるのも時間の問題だろう。

俺はミコットに無職になってほしいわけじゃない。ただラリャを見つけないでほしいだけなのだ。

冬風祭に来たのもミコットに手柄を立てさせ、ローデシナから離れさせるためである。

そのための苦労はいとわないが、リターンがなくなるのはご遠慮願いたい。

しかし、女は待ってましたと言わんばかりに不敵に口角を上げる。

「じゃあ彼の偽装死体も用意してあげる。これでいい？」

俺は思わず感心する。

「ほー、準備がいいですね」

確かにそれなら魔族の男性は助かりつつ、ミコットの面目も保たれる。

「ダ、ダメですダメです！　ミコットは不法な手柄なんて要りません！」

ミコットは強情《ごうじょう》だった。

憤怒《ふんぬ》の表情でミコットは斧を女に向けると、はっきりと言い放つ。

「ミコットはあなたが嫌いです」

「へぇー、じゃあどうする？　ここで殺し合う？」

「……でも、あなたは間違ってはいない。彼と彼の子供はミコットには救えません」

そう言って、ミコットは視線を魔族の男に向けた。

とても魔族狩り執行官が魔族に向けているとは思えない、悲嘆に満ちた瞳をしている。

ミコットは簡単に躱せそうな速度で斧を振り回し始めた。女がそれが大袈裟に避ける。

戦った結果、魔族の男を奪われてしまったということにする――これがミコットなりの妥協なのだろう。

「あんた、わかってんじゃん。まあ私たちに任せて」

女はミコットの斧を楽しそうに躱しながら、そう言った。

「私……たち？」

ミコットが聞き返すと、女は頷く。

「そう。私たちは秘密結社十二使徒《ひみつけっしゃじゅうにしと》。この街はもはや私たちのものだからさ」

秘密結社十二使徒？

まったく知らない名前だ。だが男の子の心をそそるようなムネアツな名前である。

ちくしょう、名付け人は俺と気が合うに違いない。

ミコットの方は聞き覚えがあるようで、複雑そうな目をしていた。有名な組織なんだろうか。

少しして、女は言う。

「手柄の方も……仕方ない。なんとかしてあげるわ。十二使徒の末端《まったん》、このピエロがね」

ミコットは借りを作るのが嫌なようで、「ぬぬぬ」と呻《うめ》いている。

「でもあなた、魔族狩り向いてないわよ」

そう言ってピエロと名乗る女は、俺から魔族の男をかっさらい、柱の陰に消えた。

急いで確認しても、姿形《すがたかたち》すらない。

どんな原理だ……？　空間魔術か？

立ち尽くしたミコットを放置していることに気が付いたのは、一瞬で姿を消す魔術の理論を頭の中で構築し始めてから、数十分後のことだった。

☆

夜。

サーシャは自室で一人ぼーっとしていた。

疲れて帰ってきたミコットとドーマは、夕食を食べるなり寝てしまった。

サーシャはこっそりドーマの布団に潜り込み、添い寝しようかと思ったが、流石にその勇気はない。彼女も乙女なのだ。

そんなわけでドーマに絡むこともできず、暇になってしまったサーシャは呟く。

「……温泉でも行こうかしら」

グルーデンには有名な温泉がある。

せっかくなのでラウラも誘おうと決め、サーシャは腰を浮かせる。

彼女は最初、口数の少ないラウラを苦手としていた。一人じゃ何もできないし、ドーマに甘えているだけの女だと思っていたのだ。

でも、今のサーシャは考えを改めている。

生活力の異常なまでの低さは問題だが、決して折れぬ自分自身を持っているラウラを、サーシャは尊敬していた。

一時間後、サーシャとラウラは二人で露天の湯船に浸かっていた。

「ふう。温泉もたまにはいいわね」

「きもちいい」

立ち上る湯気と降りしきる雪が幻想的な雰囲気を演出している。

(先生の家のお風呂も素敵だけど、グルーデンの温泉は格別だわ)

サーシャは思わず笑みを浮かべる。

空気は冷たく、湯は温かい。極上の環境だ。

厳しい冬の寒さの中でお湯に入るというのは一際特別である。

二人は身も心も休まっていくのを感じていた。

温泉に浸かったラウラは、口を開く。

「サーシャ」

「何よ?」

「わたし、ドーマが好き」

「そうね」

サーシャは軽く頷き――一瞬遅れて頭が真っ白になった。

「えっ!?」

サーシャは驚いてラウラの方を向く。ラウラは普段と変わらない様子で、サーシャを見ている。

逸《はや》る鼓動を抑えて、サーシャは問う。

「な、何よ!?　好きって、どういう意味で言ってるわけ？」

「サーシャとおなじ？」

「はあああ!?」

サーシャは思わず息を吸い込み、ドボンと湯船の中に潜る。

（ま、まさか……てっきりラウラは恋のライバルにならないかと思っていたのに……だって、先生にとってラウラは手のかかる子供みたいな感覚で、ラウラにとって先生は頼れる親戚みたいな感じで……）

サーシャは湯から顔を出し、改めてラウラの方をじっくりと見る。

温泉のせいだろうか。サーシャにはラウラの頬が微かに赤く染まっているように見えた。

（……そうよね、ラウラだって女の子だもの）

サーシャは、平静を装って言う。

「そ、そうなのね！　ちょーっとだけ意外だったわ」

「サーシャのことも好き」

ラウラはサーシャに飛びつき、抱きしめた。

ズギューンという、サーシャの心が撃ち抜かれる音がした。

しかし、ラウラは抱擁を解くと、真っすぐサーシャを見据えて言う。

「サーシャはすごい。でも、となりのせきはゆずれない」

「ふふふ、面白いわね」

そう返すサーシャだったが、余裕はある。何故なら――

(今のところリードしているのは恋愛を理解している私の方だもの……って、え?)

サーシャの視線はラウラの左手の指に光るものに釘付《くぎづ》けになった。

「……あれ?　その指輪《ゆびわ》はどうしたの?」

「ん、ドーマにもらった」

「な、なんですって⁉」

サーシャは圧倒的な敗北感に打ちひしがれそうになる。

だが、幸い指輪がはめられているのは薬指ではなく、人差し指だと気付き、どうにか持ち直す。

「私も負けないから」

サーシャがふふっと笑うと、ラウラもふわりと笑いサーシャを見つめ返す。

「のぞむところ」

ちなみにその後ろの岩陰では。

こっそり二人を付けていたナターリャが「こ、これは修羅場の予感……!」と楽しそうにしていた。

6

冬風祭当日。

俺、ドーマは自室で考え込んでいた。先ほどミコットと二人で行った作戦会議の内容を脳内で反《はん》芻《すう》する。

結局魔族を十二使徒のピエロとやらに預けてからは手柄を立てることもできず……どころか何故かグルーデンの街で魔族や執行官に会うことすらなくなった。

俺も死力を尽くしたが、もう打つ手がない。これでミコットはクビだ。

本当にお疲れ様です。

「すみませんでしたっ！　もう一度チャンスをください！」

ミコットは部屋の隅で、土下座の練習をしていた。不憫だ。

とはいえそうしていても何も解決しないので、それならば気晴らしをしようとみんなで街へ繰り出すことにした。

さて、祭りが始まると街はかなり騒がしくなる。

至るところで氷像やら雪だるまが作られていて中々楽しそう……氷の城まであるのか。

だが、あくまでそれらはメインではない。

毎年祭りにはテーマが設定されているらしい。今年は『雪に愛を』という謎テーマである。

そのテーマに従い、祭りの参加者は雪の中を観客が投げる愛の込もった雪玉を食らいながら、ほぼ全裸で練り歩く。そして最後には凍った湖へダイブ。バキバキと氷を割りつつ着水し、一番美しく氷を割った者が祭りの主役だ。

……いや、どんな祭りだよ！

ちなみに参加者は揃いも揃って美男美女だった。

自分に自信がないとできない、ということだろう。

「はしたないわね」

サーシャは祭りの様子を横目に、嫌悪たっぷりの口調でそう言う。

「は、は、は、裸なんですけどあの方々！　事案《じあん》では!?」

なんて言っているミコットは、手で目を隠しながらも指の合間から祭りの様子をガン見していた。

気晴らしに連れ出してなんだが、そんなことをしている場合か？　と思わず半目を向けてしまう。

一方、ラウラさんはまったく祭りに興味がない。

どちらかと言えば屋台の食べ物の方が気になっているようだ。

とはいえ、せっかくグルーデンまでやってきたのに何もしないのは虚《むな》しいので、みんなで名物だという『二つ名占い』に行ってみる。

二つ名占いとは占い師が対象者の魔力を読み取り、勝手に二つ名を授けた上で助言を送るという意味不明な占いだ。

意味不明だからこそ面白い。

路地裏の占いの館に入ると、フードを被った女性が奥から出てくる。

顔の上半分はこちらからは窺えないが、鮮烈な赤い唇が印象的だ。

……正直言って怪しい。

占い師はそう思う俺に対して、見透かしたように言う。

「怪しい。そう思っていますね？」

「な、何ぃ!?」

……いや、こんな格好の人を見たらそりゃ思うだろ！

勢いで驚いてしまったが、別に凄くもなんともなかった。

「あなた方の担当をします、ミーゼです」

占い師——もといミーゼと握手を交わすと、彼女の長く赤い爪が手に食い込む。

ミーゼは俺たちを見回す。

「では早速始めていきましょう。まずはどなたから？」

「私がやるわ」

一番手はサーシャか。

「お名前は？」

「サーシャよ」

占いを信用していないのだろう、キリッと睨んでから彼女の前に座る。

ミーゼはその様子を見て微笑み、水晶を置いてムニャムニャと何かを唱え出した。

「ほうほう。ふむふむ。おお、なんと！」

「何よ」

サーシャは少し不安そうな顔でたじろいだ。

「いえいえ。では。あなたの二つ名はそうですね……【暴走馬車のサーシャ】ですね」

「ぶっ」

俺は思わず噴き出した。

いくらなんでもピッタリすぎだろ。

「ど、どういうことよ！」

サーシャは占い師を睨む。

「あなたは後先考えずに行動する癖《くせ》がありますね？　しかしそれがサーシャ様の良いところです。押してダメでも押してみろ。これが助言です」

占い師はサーシャを否定することなく、むしろ褒めてアドバイスまでしていた。

暴走馬車というのは、悪い意味ではなかったのか。

「は、話半分に聞いといてあげるわ」

サーシャは少し恥ずかしそうに頷いた。

初対面のサーシャのことをここまで理解するとは、どうやらミーゼの占い師としての実力は本物らしい。

次はラウラ。

ストンと椅子に座ると、ミーゼは再びムニャムニャと唱え出した。

「ふむ。これは……あなたの二つ名は……【花より団子のラウラ】ですね」

「凄いな」

俺は思わず声を上げた。大正解である。

ラウラは「どういうこと？」と首を傾げているが、その口元には食べかすが付いている。

……ラウラのことなら俺でも占えそうだ。

「良く言えば天真爛漫《てんしんらんまん》。悪く言えば流されやすい性格ですね。たまには自分のわがままを通してみても良いでしょう」

占い師のそんな助言に、ラウラはいつもと変わらない声で返事する。

「わかった」

ラウラのわがままとは一体……？

次はミコットが立候補した。

最初は疑いの眼差しをミーゼに向けていたが「あら。執行官の方ですか？　素晴らしい目をしていますね」と褒められるとあっさり陥落《かんらく》。

いつでもチョロいミコットさんである。

「ミコット様の魔力は……ふむふむ。あなたの二つ名は……【愛されるべきミコット】です」

「へ？」

ミーゼの言葉にミコットは首を傾げた。

確かにミコットに対する言葉は、さっきまでとは毛色が違う。

ミーゼは真面目な口調で続けた。

「ミコット様はとても真面目な方。しかしそのせいで失敗することや責められることも多いのでしょう。ミコット様の深層心理には、褒められたい、愛されたいという欲があるように思われます。早く恋人を見つけるか、自分をもっと甘やかすと良いでしょう」

「……ぅ」

ミコットは真っ赤になり、縮こまった。

「うぅ……何も皆さんの前ではっきり言わなくても……」

「占いですので」

ラウラがミコットの頭をよしよし撫でているが……逆効果だと思うぞ。

さて、次は俺だ。占い師の前に座る。

自分の深層心理を知るのは怖いが、果たして……

占い師は俺の顔を見ながら、再びわけのわからない言葉を唱えた。そして――

「あなたの二つ名は……ん？　あれれ？　おかしいですね……」

ミーゼは不可解そうな表情を浮かべて、お手上げのポーズを取った。

「申し訳ありませんが、よくわかりませんでした」

「え？」

さっきまであんなに的確な二つ名を付けていたじゃないか。

「稀《まれ》にあるのです。二つ名を付けられないくらい、心の中に何もない方だということでしょう」

え？　俺、空っぽってこと？

俺が相当悲しい表情をしていたのか、ミーゼは慌てて付け加えた。

「まあ、きっと良いことありますよ！」

「適当⁉」

フォローになってないですけど⁉

うぅ。占いなんて来なければ良かった。俺ってそんなに中身がないだろうか？

ラウラが俺の頭も撫でてくれた。凄く逆効果です。

結局、占いを楽しめたのはサーシャとラウラぐらいだったな。

どんよりとした気持ちを抱きながら、俺らは宿に戻る。

俺とミコットは、何のために行ったんだ？

「次はお姉ちゃんと行きたい」

帰り道、ラウラは満足気にそう言った。

「俺はもうまっぴらだから、そうしてくれ」

ラウネはなんと言われるのだろうか。

俺はそんなことを思いながら、宿への道を歩くのだった。

せっかく話題に上《の》ぼったってことで、ラウネに一人で挨拶しに行くことにした。

彼女は冒険者ギルドにおける冬風祭の責任者らしく、過労死寸前と言われても疑わないくらいに濁《にご》った目をしていた。

彼女は魔術学園では生徒会長を務めており、いつも忙しそうにしていたので、なんだか懐かしい。

当時と同じく、彼女は書類を片付けながら言う。

「そういえばローデシナでは大変だったみたいですね？」

どうやらラウネは、先日起きたローデシナでの襲撃事件のことを知っているらしい。

「本当ですよ。よくわからん組織と戦って同居人もどんどん増えて――」

ラウネはからかうような目をして、俺の言葉を遮るように言う。

「同居人、女の子ばかりらしいですね～？」

「誤解です」

いやらしい気持ちはまったくありません。僕も気持ちは女の子なんです。

……いや、流石にそれは嘘だが。

ラウネは小さく笑う。

「ふふっ。先輩がいくら女の子と同居しようが私は構いませんよ？　ラウラのことを大切にしてくれるなら、ですけど。まぁ、あの子がそれを許すかは知りませんが」

どういう意味だ？

ラウラがそんなことで怒ったことはないが……って別にそんな話をしに来たのではない。

ラウネには聞きたいことがあったのだ。そのために一人で来たのである。

「十二使徒って組織を知っていますか？」

俺の言葉を聞いて、ラウネの表情に影が差す。

「……どこでその名を？」

俺は素直に十二使徒の『ピエロ』と名乗る人物と接触したことを明かす。

すると彼女は溜め息を吐いた。

「十二使徒は王国を脅かす反政府組織です。まさか、ローデシナの一件だけではなくグルーデンにまで魔の手が伸びているとは……」

何故ここでローデシナの名前が挙がるのだろうか。俺は気になって尋ねる。

「ローデシナの一件ですか？」

「ええ、数ヶ月前に捕縛されたゼダンとビルズム、彼らも十二使徒だったのです」

「……!?」

どういうことだ。だってそれが本当なら、ローデシナで敵対した組織が、グルーデンでは手を貸してきたということになる。いまいち目的がわからない。

正直関わりたくないが、知らぬふりをしていても、状況は悪化するだけだろう。

「十二使徒の狙いって何なんですか？」

ラウネは小さく肩を竦めた。

「わかりかねますね。良からぬことを企んでいるのは間違いないでしょうが」

ふむ。多様な情報源を持つ冒険者ギルドのトップが知らないのなら、俺が知る由《よし》もない。

情報ネットワークの狭さには自負があるのだ。

そんな風に自虐《じぎゃく》していると、「そういえば」とラウネは付け加える。

「……『大森林』の奥に何かがある。そんな噂話を聞いたことがあります。もしかすると、十二使徒はそれを狙っているのかも──」

「何か、か」

随分とあやふやな話だが、それしか手がかりがない今、調べてみるしかなさそうだ。

先日討伐した飛竜といい、キノコックといい……大森林には秘密がいっぱいって感じだな。


冬風祭は無事終わった。ミコットは結局手柄を立てられなかったけど。

かといってラリャをどうぞと差し出すわけにもいかないし、仕方ない。

恐らく彼女は魔族狩り執行官補佐をクビになるだろう。

しかし実力社会である以上は仕方ないことなのだ。

なんて考えていた矢先だった。

俺たちの泊まる木漏れ亭に、ミコットに宛てられた手紙が届いた。

差出人は、王都の執行官本部だ。

どうやら彼女がここにいることは王都の魔族狩りの上司たちには知られているらしい。

ミコットは恐る恐る手紙を開封し、中身を読み始める。恐らく中身は彼女の解雇《かいこ》についてだろうと思っていたのだが——

「……な、何故か昇進しました……」

手紙を読み終えたミコットはそう零した。

俺は間の抜けた顔で「は？」と返すほかかない。

マジでどういうこと？

だが、彼女自身にも理由はわかっていないようだ。ただ一つ確かなのは——

「ミコット、これで晴れて正式な魔族狩り執行官ってことです……？」

ミコットから手紙の内容を詳しく聞くと、欠番を埋める形でミコットをC級執行官に昇進させると記されていたとのことだ。

そんな理由で昇進できるとは……魔族狩り執行官という組織は大丈夫なのだろうか。

だがまあ、ミコットがクビにならないならそれが一番だ。

あれだけ苦労したのにこんな終わり方なのはやや消化不良だが、問題って案外あっさり解決するものだよね。

ミコットは笑顔で出発の準備を始める。どうやら王都への招集がかかっているらしい。

「というわけでミコット、王都に行ってきます」

ミコットはあっという間に支度を終えると、俺の方を向いてそう言った。

「頑張りたまえ」

こうして、ミコットは一人で王都へと旅立った。

とにかく、ミコットの真面目さが報われて良かった。

ただ、ミコットと魔族を探そうと今日一日を空けていたんだよな。

ラウラは姉とお出かけ、ナターリャは『グルーデンの亡霊』という与太話を調査すると息巻いているし……暇だ。

俺は、同じく宿で暇しているだろうサーシャを呼びに行く。

「サーシャ、暇だしどこか行こうぜ」

「どうしてもって言うなら付き合ってあげてもいいわよ」

「どうしても！　どうしても！」

そう言って頭を下げる俺に対して、サーシャはジトリと湿った視線を向ける。

冗談の通じない奴め。

とはいえ、結局サーシャは一緒に出かけてくれるらしく、準備をするから外で待っていろと言われた。宿を出て周囲を眺めていると、十分ほどでサーシャが出てくる。

今日のサーシャは珍しくフリルが多く付いたひらひらした洋服を着ていた。

彼女は普段はタイトで綺麗めな服を着ることが多い。

街を歩きながら、何気なく思ったことを口に出す。

「今日の服、可愛い系だな」

俺の言葉を聞いたサーシャは何故かそっぽを向いた。

「か、可愛い？　やっぱりこういうのが好きなの？」

「へ？　いつもの服も好きだけど」

「ふ、ふーん……」

……何故かサーシャと全然目が合わない。

もしかして気持ち悪い台詞を言ってしまったのだろうか……

「ところで今日はどこに行くの？」

そう言うサーシャの声は心なしか明るいように思える。

よかった。気分を害したわけではなかったようだ。

「うーん、そうだなあ……」

「まさか決めてなかったわけ？」

急にしらーとサーシャのテンションが落ち始めた。何故だ。

俺は慌てて考える。男女で風呂に行くのは違うし、女性が喜ぶものと言ったら――

「ア、アクセサリー……とか？」

恐る恐る俺がそう言うと、サーシャは意味深な笑みを浮かべる。

「ふーん、先生は私とアクセサリーを買いに行きたいんだ？」

「まぁ……な」

さっきまでテンションが低かったのに、サーシャは急に上機嫌になった。

再三だが、乙女心はわからん。

アクセサリー店の前に着くと、きらびやかな格好をした男女が店の前でゾロゾロとたむろっている姿が目に入る。店の外観も華やかだ。

どう見てもこれまで研究一筋だった俺にはそぐわない空間である。

ここに入るのか……怖すぎる……

「どうしたの？　早く入りましょ」

サーシャは怯える俺の腕を掴み、人混みをかきわけて店の中に入っていく。

こんなにあっさり店の中に入るなんて、俺一人じゃ絶対に無理だっただろう。

流石は皇女。オーラがそこらの一般人とは違うのだ。多分。

しかし、試練はここからだった。

「こちらの月の指輪は『あなたのことが好き』なんて可愛い意味もあってぇ～、きっとお似合いだと思います～」

店の中に入ってすぐに、グイグイ来る系店員という名の試練が俺を襲う。店員はいたるところから俺やサーシャに似合いそうなアクセサリーを持ってきて、試着を勧めてくる。

正直話しかけないでほしい。じっくり見たいから。

だがサーシャは慣れたもので、指輪、ネックレス、ピアスに髪飾りを勧められるまま次々と試着する。

「どうかしら？　これは似合ってる？」

サーシャは試着する度に、必ず俺にそう確認してくる。

「…………」

全然わからんッ！

正直全て似合っている。

だがそれをそのまま言うと「ちゃんと見てるの？」って怒られそうだ。買い物難しすぎだろ。

それでもなんとかサーシャに似合うものを探していると、ダイヤの付いた指輪を発見した。高価ではあるが、皇女は金に糸目を付けないだろうし。

ククク、俺の目に狂いはない。

「あー、そこの指輪とかいいんじゃないか？」

「これは婚約指輪よ？　気が早いわ」

俺の馬鹿ああああああ。

アクセサリー店には地雷が多すぎる。早く脱出しよう。

だが、サーシャは何故か固まっていた。

「待って、私今なんて言ってた？」

婚約指輪のことで頭が一杯で聞き損ねた俺は首を傾げるほかない。

「さあ？」

サーシャは神妙な面持ちで「…………セーフ」と呟いた。

何がセーフなのかよくわからないが……結局サーシャがずっとチラ見していたネックレスを購入し、店を脱する。

一気に肩の荷が下りた気分だ。

ALPHAPOLIS
WEB CITY SINCE 2000
A L P H A P O L I S
アルファポリス

LN_Ver.31

アルファポリスの人気作品を一挙紹介!

召喚・トリップ系

こっちの都合なんてお構いなし!?
突然見知らぬ世界に呼び出された
主人公たちが悪戦苦闘しつつも
成長していく作品。

いずれ最強の錬金術師？
小狐丸

既刊14巻

異世界召喚に巻き込まれたタクミ。不憫すぎる…と女神から生産系スキルをもらえることに!!地味な生産職を希望したのに付与されたのは、凄い可能性を秘めた最強(?)の錬金術スキルだった!!

THE NEW GATE
風波しのぎ

目覚めると、オンラインゲーム(元デスゲーム)が“リアル異世界”に変貌。伝説の剣士が、再び戦場を駆ける!

既刊21巻

装備製作系チートで異世界を自由に生きていきます
tera

異世界召喚に巻き込まれたトウジ。ゲームスキルをフル活用して、かわいいモンスター達と気ままに生産暮らし!?

既刊10巻

Re:Monster
金斬児狐

最弱ゴブリンに転生したゴブ朗。喰う程強くなる【吸喰能力】で進化した彼の、弱肉強食の下剋上サバイバル!

第1章：既刊9巻＋外伝2巻
第2章：既刊3巻

種族【半神】な俺は異世界でも普通に暮らしたい
穂高稲穂

激レア種族になって異世界に招待された玲真。チート仕様のスマホを手に冒険者として活動を始めるが、種族がバレて騒ぎになってしまい…!?

既刊3巻

定価：各1320円⑩

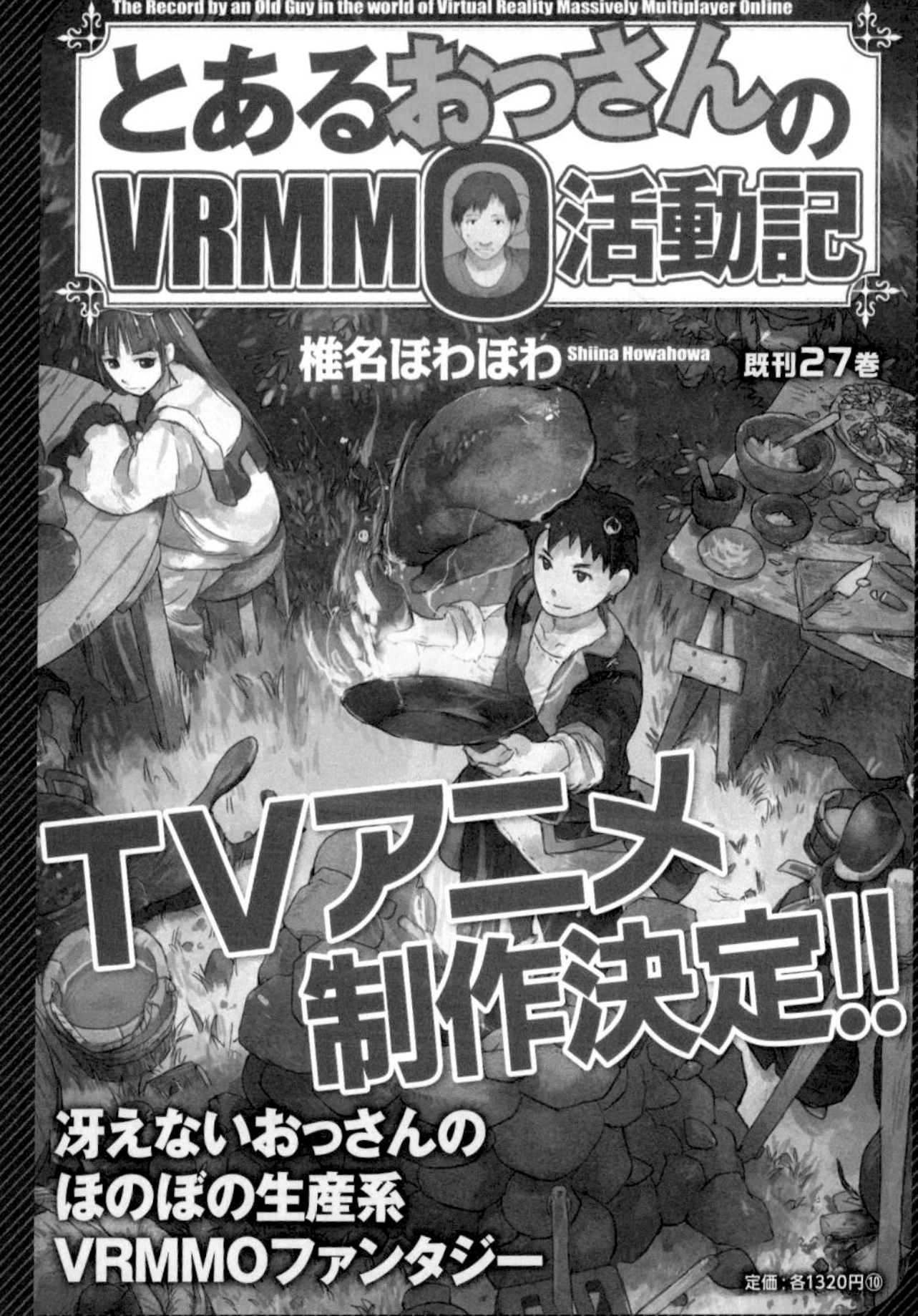
The Record by an Old Guy in the world of Virtual Reality Massively Multiplayer Online
とあるおっさんのVRMMO活動記
椎名ほわほわ Shiina Howahowa
既刊27巻
TVアニメ制作決定!!
冴えないおっさんの
ほのぼの生産系
VRMMOファンタジー
定価：各1320円⑩

強くてニューサーガ
NEW SAGA
阿部正行
Abe Masayuki
既刊10巻
TVアニメ制作決定!!
人類滅亡のシナリオを覆すため、
前世の記憶を持つカイルが仲間と共に、
世界を救う2周目の冒険に挑む!
定価：各1320円

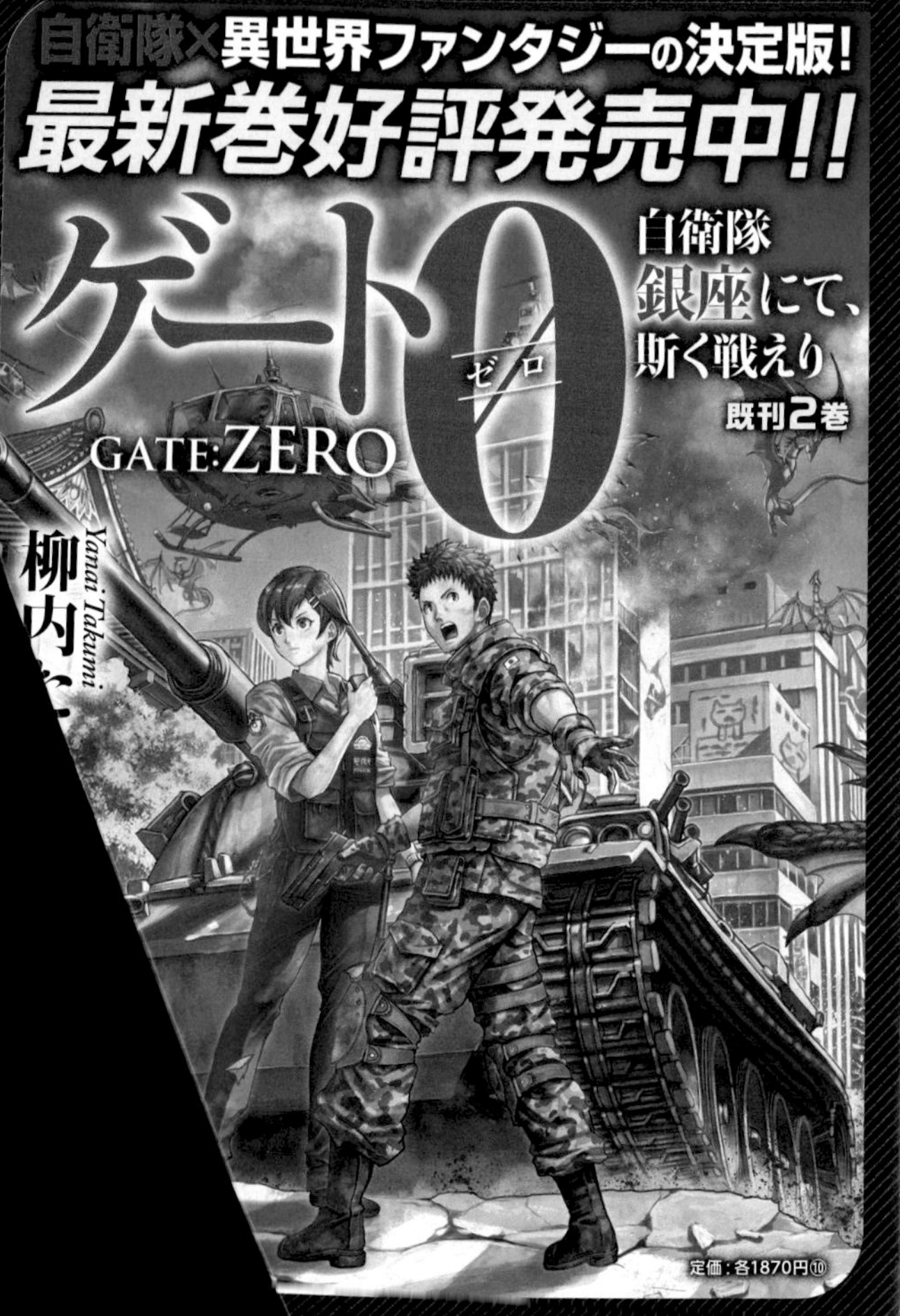
自衛隊×異世界ファンタジーの決定版!
最新巻好評発売中!!
ゲート0《ゼロ》
GATE:ZERO
自衛隊
銀座にて、
斯く戦えり
既刊2巻
柳内
Yanai Takumi
定価：各1870円⑩

月が導く異世界道中
Tsukiga Michibiku Isekai Dochu
あずみ圭
Azumi Kei
既刊18巻+外伝1巻
TVアニメ
2期決定!!
神と人族から
見捨てられた男の
異世界世直しファンタジー
定価：各1320円⑩

転生系　王道異世界系ラノベ!!

異世界ゆるり紀行

水無月静琉　既刊14巻

転生し、異世界の危険な森の中に送られたタクミ。彼はそこで男女の幼い双子を保護する。2人の成長を見守りながらの、のんびりゆるりな冒険者生活!

素材採取家の異世界旅行記

木乃子増緒　既刊13巻

転生先でチート能力を付与されたタケルは、その力を使い、優秀な「素材採取家」として身を立てていた。しかしある出来事をきっかけに、彼の運命は思わぬ方向へと動き出す――

実は最強系　アイディア次第で大活躍!

追い出された万能職に新しい人生が始まりました

東堂大稀　既刊8巻

万能職とは名ばかりで"雑用係"だったロアは「お前、クビな」の一言で勇者パーティーから追放される…生産職として生きることを決意するが、実は自覚以上の魔法薬づくりの才能があり…!?

落ちこぼれ[☆1]魔法使いは、今日も無意識にチートを使う

右薙光介　既刊9巻

最低ランクのアルカナ☆1を授かったことで将来を絶たれた少年が、独自の魔法技術を頼りに冒険者としてのし上がる!

定価：各1320円⑩

続々刊行中!　話題の新シリーズ

転生・トリップ・平行世界…
様々な世界で主人公たちが
大活躍する新シリーズ!
この面白さを見逃すな!

追放された【助言士】のギルド経営

柊彼方　既刊2巻

ロイドは最強ギルドから用済み扱いされ、追放される…失意の際に出会った冒険者のエリスがギルドを創ろうと申し出てくるが、彼女は明らかに才能のない低級魔術師…だが、初級魔法を極めし者だった――!?　底辺弱小ギルドが頂に至る物語が、始まる!!

【創造魔法】を覚えて、万能で最強になりました。

久乃川あずき

優樹は異世界転移後にクラスメイトから追放されてしまうが、偶然手に入れた亡き英雄の【創造魔法】でたくましく生き抜くことに――!?

既刊4巻

趣味を極めて自由に生きろ!

紫南

魔法が衰退し魔道具の補助無しでは扱えない世界で、フィルズは前世の工作趣味を生かし自作魔道具を発明していた。ある日、神々に呼び出され地球の知識を広める使命を与えられ――?

既刊3巻

幼子は最強のテ…

幼子は最強のテ…
気付いていま…

akechi

森の…

余りモノ異世界人の自由生活

藤森フクロウ

シンは転移し…バイ国家と早々…し、国外脱出を敢行…国の山村でスローラ…フを満喫していたが、ある貴人と出会い生活に変化が!?

既刊5巻

サーシャがお手洗いに行っている隙に空を眺め、精神を統一する。

ふう。都会はなんて怖いんだ。なんて思っていると――

「あの～、お兄さんお一人ですかぁ？」

「魔術師っぽい！　ウケる～」

突然派手な二人組の女性が話しかけてきた。

これはまさか噂に聞く……女性に話しかけられて舞い上がった男に、壺《つぼ》を売りつけるという詐欺!?

「誰か待ってるの～？　暇だったらお茶しようよ～」

「いいっしょ！　どうせ暇っしょ？」

この人たちめちゃくちゃグイグイ来る。やはり都会は恐ろしい場所だべ。

蛇《へび》に睨まれた蛙《かえる》のように怯えていると、横から襟《えり》を掴まれた。

サーシャ様がご到来したのだ。

彼女は女性二人組を睨む。

「彼、私の、なの。やめてくださる？」

「ちぇっ、残念～」

「つまんないの～」

そう言い残して二人組は離れていった。

ぐすんぐすんしながらサーシャ様に感謝する。

そんな俺の手首に何故か手錠がはめられる。

「ナニコレ」

サーシャの目のハイライトは消えていた。

「離れないようにしたの。どこにも行っちゃダメよ？」

「こ、怖っ！」

そんなことがありつつもその後は平和に雑貨を見たり食べ歩きをしたりして過ごした。


夕方になり、宿に戻ってきた。サーシャは手錠を外してから、小袋を渡してきた。

「開けてみて」

「これは……指輪？」

確か月の指輪……だったか？

意味は確か——

「どんな意味か、自分で考えなさい？」

サーシャは小悪魔のようにはぐらかす。

……まぁサーシャは俺をからかっているのだろう。

意味はともかく、人から何かをもらうと嬉しいものだ。


翌日、俺たちはグルーデンを後にした。

帰りの馬車では、サーシャとラウラが二人並んで座り、仲良さげに話していた。

おかげで俺はぼっちになったので、御者役を買って出る。

普段はナターリャが御者を務めることが多いが、たまには俺がやってもいいだろう。

俺はナターリャに御者を代わりたいと提案すると、彼女は小さく頷いた。

「たまには祭りも良いものですね。お嬢様も楽しそうでしたし」

客車に戻りつつ、ナターリャは笑みを零した。

きっと今回の旅はみんなにとって満足いくものになっただろう。

ニコラたちにお土産も買ったし、あとは無事に家に帰るだけだ。

☆

「誰か……誰か助けてくれ！」

息を切らしながら一人の男がグルーデンの狭い路地を走っていた。

必死に逃げ惑う彼の額には三つ目の瞳が忙しなく動いている。

逃げる男の背後には壁を蹴破りながら追る、棍棒を持った初老の男があった。

撲魔のシンプソン。方法を問わない苛烈《かれつ》なやり方で魔族を皆殺しにする危険思想の持ち主である。

先日ドーマに名声を傷付けられた彼だったが、魔族狩り執行官としては今もなお抜群の支持を得ているのだ。そんな彼は逃げ惑う背中に告げる。

「誰も、お前を救わない」

「お、俺が何したって言うんだ！　畜生！」

喚きながら必死に逃げた魔族の男の行く先は、無情にも行き止まりだった。

男は絶望のあまり足を止める。

コツコツと足音を鳴らしながらシンプソンがやってくる。

「魔族には無様な死に様がふさわしい。魔族を救うのは死だけだ」

血塗れた棍棒を手に構え、観念しろとばかりに冷徹な視線を魔族に送る。

あまりの恐怖に魔族の男は気絶した。

シンプソンは魔族の男に歩み寄り、棍棒を振り上げ――

「……糸？」

シンプソンはそう呟いて、足元を確認した。

ピンと張った糸がそこにはあった。

（……何故こんな場所に）

そう思った瞬間、シンプソンの体は宙吊りになった。

完全に無防備な姿を晒《さら》すシンプソンに、声が投げかけられる。

「執行官も大したことないじゃんね」

「お前は……」

シンプソンを見下すような目で眺めるのは、ピエロの仮面を被った赤髪の女である。

彼女は、行き止まりかと思われた壁の上に腰掛けている。

「十二使徒か」

シンプソンは、冷ややかにそう言った。

「お、正解～！」

「抹殺対象だ」

シンプソンはグンと目を見開くと、持っていた棍棒を凄まじい速さでピエロに投げつける。

が、ピエロはその場から動くことはない。棍棒は彼女の真横を通り過ぎていく。

風が赤髪を揺らした。

「下手クソ」

ピエロの言葉を、シンプソンは僅かに嘲笑する。

「無知は罪だ」

「はい？」

『何言ってんの』とピエロが続けようとした瞬間、彼女の背中に棍棒が激突した。

（ぐっ！　嘘でしょ!?）

シンプソンが投げた棍棒はブーメランのように空中を一回転して、ピエロの無防備な背中を襲ったのだ。

地面に着地したピエロが、慌ててさっきまでシンプソンがいた場所に目を向けると、そこに彼の姿はない。

巨大猪をも動けなくする強度の糸を、シンプソンは腕力で引きちぎったのだ。

「あ、まずいわ」

ピエロは周囲を警戒するが、シンプソンの姿は見当たらない。

すると――

「上だ」

声に反応してピエロが空を見上げる。

棍棒を振り下ろそうとするシンプソンが眼前に迫っているのが見えた。

(あはー、やっぱり戦闘は苦手だわ)

ピエロは死を覚悟し、目を瞑る。

しかし、その時はいくら待とうとも訪れることはなかった。

「あがががががが」

情けない声が聞こえ、ピエロは恐る恐る目を開ける。

目の前には、全身を太い植物の蔓《つる》によって拘束されているシンプソンの姿があった。

バキバキッ!

蔓はシンプソンの首の骨をいとも容易《たやす》く砕いた。

彼の頭はガクリと垂れる。

そして、どこからともなく伸びた細い枝が彼の後ろ首に刺さる。

「油断しちゃダメって言ったでしょ」

ピエロの真横には、蝶の仮面をつけた女性が音もなく立っていた。

「うひゃー、相変わらずお強い！」

ピエロは思わず彼女、十二使徒の第四席——ティアーを讃《たた》える。

十二使徒の中でも上位である彼女は、シンプソンを冷たい目つきで一瞥《いちべつ》した。

「執行官を瞬殺とは流石っすね」

ピエロは感心したような声を上げるが、ティアーは平然と言う。

「撲魔のシンプソンはB級執行官よ。大した強さではないわ」

執行官の階級は、下から執行官補佐、C級、B級、そしてA級と続く。

ティアーは小さく溜め息を吐く。

「これでこの街の執行官は最後ね。ああ疲れた」

「もうみんな殺したんすか？」

ティアーはググッと伸びをしながら、ピエロの言葉に答える。

「救ってあげたのよ。彼らの言い方を借りればね」

悪びれもなくそう言い放つティアーの姿に、ピエロは言い知れぬ恐怖を感じた。

その時、ピエロの両足首を蔓が掴む。

ティアーが彼女を逃がさぬために、蔓で拘束したのだ。

「そういえば例の魔術師に接触したそうね？」

ティアーの声色は冷たい。

ピエロは怯えながらもなんとか言葉を発する。

「え？　いや……ははあ、地獄耳《じごくみみ》ですねえ」

「伝手《つて》があるのよ。それで、どうだったのかしら？」

「戦って勝てる相手じゃないっすね」

ピエロは魔術師と出会って感じたことを、正直に伝えた。

ティアーは微笑む。

「ふふ、わかってるじゃない」

（……なんでティアーさんが自慢気なんすか）

ピエロはそう思うが、口には出さない。

ティアーはピエロを蔓の拘束から解放する。そして数本の蔓を操り、シンプソンの脊髄《せきずい》を刺した。

シンプソンは「あ……あ……」と弱々しく声を漏らしながら、小さく体を跳ねさせる。

ティアーはシンプソンの耳元に口を近付ける。

「人形、あなたはローデシナに向かい、魔族を探し、殺しなさい。何をしてでもよ。わかった？」

「あ……」

シンプソンは白目を剥《む》きながらも小さく頷いた。

ティアーは彼を解放する。

「う、うふふ！　ティアーさん最高っす！」

ピエロはゾクゾクと身を震わせながら、ゆっくり立ち上がる。

気絶していた魔族を回収すると、十二使徒の二人はシンプソンを置き去りにし、なんの痕跡《こんせき》もなく姿を消した。

——翌日。

路上で目を覚ましたシンプソンは体を起こし、己の手を見つめた。

「俺は、一体何を……」

シンプソンは昨晩の記憶がないことに混乱する。

しかしそれよりもさらに気になることがあった。脳の奥底から、誰かの声が響くのだ。

シンプソンは、その言葉を反芻《はんすう》する。

「……ローデシナの魔族。抹殺対象だ」

その言葉に従い、シンプソンは棍棒を携え、ゆったりと歩き出した。

7

一月中旬になると、降雪量が減り、気温はグッと下がる。

とはいえ冬風祭に行ったついでにグルーデンで毛織物や暖房魔導具を買い込んだため、家での生活はかなり快適になる……はずだった。

「ちょっと先生。これ、先生が造った奴より効果ないじゃない」

サーシャが暖房魔導具を指差して、文句を言ってくる。

「いや、割と高かったんだぞ。金貨十枚もしたんだからな」

そう言いつつも魔導具に使われている魔法を解析してみると、魔法陣は三層しか連立されていなかった。

おかしい。

しっかり王宮魔術師団認定の魔導具を購入したはずだった。市販品ならともかく、王宮魔術師の技術力はそこまで低くないと思うのだが……

俺がその違和感を口にすると、何故かサーシャは誇らしげに笑う。

「ふふん！　先生がいなくなったから、まともなものを造れなくなったんじゃない？　いい気味ね！」

「流石にそこまでの影響はないと思うけどなあ」

自分のことは自分が一番わかっているつもりだ。俺はただ魔術を極めようとしているだけの、普通の人間に過ぎないのだから……

内心格好つけていると、側でノコがグータラしながら「ま、人間さんがいなくなっても影響がないのであれば、ノコがキノコックの王になった時、手下にしてやってもいいです」とニタリと笑う。

その笑顔に微妙にイラついたので、ニコラを呼ぶ。

「ニコラ～ノコが暇だってさ」

ニコラはすぐに俺の側に駆けつけてきて、ノコの首根っこを掴んだ。

「おい、キノコ！　ご主人様を困らせるのはやめるのです！」

ノコが不満げな顔で俺を見る。

「あ、告げ口とは卑怯です人間さん！」

ふふ、なんとでも言え。ノコはキノコックの次の王かもしれないが、この家の主《あるじ》は俺なのだからな！

ニコラが笑顔でノコに詰め寄る。

「ノコ、さっさとワインを造るのですよ？」

「ひっ……」

ニコラはノコを引っ張って、ワイン工房の方へ向かっていった。

まぁキノコックに仕えるのは流石に嫌だが、あそこで魔術の修業をするのはいいかもしれない。

最近は研究が進んでいないから、新たな知見が欲しいところだ。

キノコックでの修業は一旦置いておくとして、王都に戻ればそれなりに魔術に関する情報はあるのだろうが……それも気が重い。うーむ。

そういえば、ラウネが『大森林の奥には何かがある』なんて言っていたな。

ミコットの一件がどうにかなったことで、十二使徒のことなんてすっかり頭から抜け落ちていた。

どうせやることもない。探索してみても面白いかもしれない。

「グロッフ！」

巨大化したイフは、そう楽しそうに吠える。

俺はその背の上で、「おおおお！　速い！」なんて声を上げる。

一人と一匹による大森林の探索が始まった。

何故一人なのかというと、誰も付いてきてくれなかったからだ。

ラウラとサーシャは寒いのが苦手で外に出たがらないし、クラウスも誘いに行ったがラリャにご執心なようで、すげなく断られてしまった。寂しい。

そんなモヤモヤを吹き飛ばすかのように、イフは颯爽と森の中を駆けていく。枝を払い雪をかき分け、前人未到の地に足跡を刻む。


気が付くと、森の随分奥まで来てしまった。

俺はイフから降りると、フワフワの頭を撫でる。

「だいぶ奥まで来たな。少し休憩するか」

「ワフ！」

薪をかき集め、土魔術で土台を作る。

薪に火魔術で火をくべ、風魔術を送り込んでやれば、あっという間に焚き火の完成だ。

イフはパチパチと火の粉が跳ねる焚き火の近くに座り、大きなあくびをする。

ちなみに、俺はこの間完成した飛竜のコートを着ている。飛竜のコートは防寒性や強度に優れているので、寒い日にピッタリなのだ。

干し肉をイフにやりながら、俺も軽食を作り始める。

今から作るのはシパティパという王国の料理だ。

作り方は簡単。薄いパン生地に軽く焼き目を付け、刻んだ玉ねぎを上に敷く。その上に、にんにくや、香辛料と炒めたサイコロ状の牛肉を載せる。最後に、その上からライムを軽く搾れば完成だ。

「じゃーん、出来上がり～」

「グワゥ！」

誰もいないのでイフが合いの手を入れてくれた。流石は相棒。

俺は出来上がったシパティパを口に運ぶ。

シンプル。だがこれが美味いのだ。牛肉の旨味が口いっぱいに広がり、次いで玉ねぎの独特の辛味を感じる。そして柑橘《かんきつ》系の酸味が調和をもたらす。

焚き火とひとり飯は、男の流儀なのだ。

そんな風に思いながらシパティパを堪能していると、横になっていたイフが体を起こした。丸い耳をしきりに動かし、遠くを見つめている。

「……ん？」

近くに誰かいる……のか？

俺は杖を持ち、魔力の流れを見る。

確かに、魔力が普通と違う流れ方をしていた。

「イフ、静かにな」

「グワッフ」

魔力分子を見るに、荒っぽい魔物がいるわけではなさそうだ。とはいえ気は抜けない。

抜き足差し足忍び足で雪を踏み、木々をかき分け、魔力が濃い方向へ進む。

するとそこには、巨大な泉が広がっていた。

水は宝石のように澄み、周囲に邪な気配はまったく感じられない。

空から差し込む天光《てんこう》を反射して、泉は神話に出てくる聖地のように輝いている。

グヘへ、ここを使えば観光ビジネスで儲かりそうだ……と俺自身が邪なことを考えていると、泉の縁《ふち》で女性が倒れていることに気付く。

死体……ではないようだ。息遣いを感じる。

俺は女性の元に駆け寄り、彼女の体を揺り動かす。

「お、おい大丈夫か？」

近くで見ると、女性がいっそ奇妙なほど美しい見た目をしていることに気付く。

純金をそのまま糸にしたような長い金髪に、美術品のように整った相貌。

純白のノースリーブのワンピースに、薄緑のストールを羽織るというシンプルな服装が、かえって彼女の美しさを引き立てている。

背中に巨大な魔石の付いた黒の大杖を装備しているところを見るに、彼女は俺と同業者——魔術師のようだ。

ただ、俺と異なる最も大きな点は耳が尖っていること。

彼女はラリャと同じ、エルフだ。

「ん……だ、誰じゃ……」

エルフの女性の、エメラルドグリーンの瞳が俺を捉える。

「大丈夫か？　あんたはここで倒れてたんだ。この寒い中、そんな薄着で……」

飛竜のコートを上からかけてあげると、彼女は上体を起こしながら、俺とイフを順番に見る。

目をパチクリと瞬《まばた》きさせ、手を顎《あご》にやってじっと考え、そして頷いた。

「……うむ、これは夢じゃ。夢に違いない」

何をどう考えたらそんな結論が出る。

「……夢じゃないけど」

「な、なんじゃと!?」

どうやら彼女は見た目より大人らしい。口調的にな。

「人間が伝説の白虎を連れ、聖泉におるもんだから、てっきり夢の中かと思ったぞ」

イフの正体を一瞬で見抜いていることに、少なからず驚く。

彼女はこう見えて、ただのエルフではないのかもしれない。

「白虎を知っているのか？」

「もちろんじゃ。私を誰だと思うておる？　もう何十年も生きておるのじゃ。大抵のことは知っておる」

「う、うーん」

なんか、美しい美少女の顔で「のじゃ」なんて言われると感覚がおかしくなる。

魔族は人を狂わせるほどの魅力を持つとされる。なるほど、これがそうか。

エルフの女性はニタリと笑みを浮かべて、俺の顔を覗き込んだ。

「くふふ、さてはお主、私に惚れたな？　まあ私ほどの美貌を前にすれば仕方がないがのう」

「は？」

俺はあんぐりと口を開けた。

さっきからこのエルフの思考はよくわからん。

当の本人は『何かおかしなことを言ったか』と言わんばかりに首を傾げている。

「まだ寝ぼけているらしいな？」

俺は秘技『魔力チョップ（ただのチョップともいう）』をお見舞いする。

エルフの女性は「ふぎゃっ!?」と情けない声を上げ、頭を抱えた。

「ぐぬぬ、私の魔力障壁をすり抜けるとは……お主、一体何者じゃ」

「ただの魔術師だよ」

手を差し出し、エルフを立ち上がらせる。

すると彼女は何故か俺の顔をじっと見つめてから、聞いてくる。

「ほう、お主魔術師じゃったのか。確かに立派な杖を持っておる。名はなんと言うのじゃ？」

「……ドーマだ。こっちは白虎のイフ。君は？」

俺の問いかけに、彼女は自信満々に胸を張った。

「ふふふ、私は『森の大賢者』フローラ・フォン・メレンブルクじゃ。大賢者様、もしくはフローラと呼ぶがいいぞ」

「そうかフローラだな」

とても大賢者様には見えないので、そうは呼ぶまい。

フローラはわしわしとイフの頭を撫でた。

精霊のイフが無邪気に尻尾を振っているところを見ると、悪い人物ではなさそうだ。

精霊は悪意に敏感だからな。

俺は改めて周囲を見渡す。

こんなところに泉があるなんて知らなかった。

「フローラはなんでこんな場所で倒れてたんだ？　それも一人でさ」

「魔術の鍛錬をしていたのじゃよ。聖泉の周辺は魔力が澄んでおるからな。ドーマ、お主こそ何をしておったのじゃ？」

「まあ俺も鍛錬みたいなもんかな」

「ほーう」

聖泉は、エルフが最も大切にする泉のことだと聞いたことがある。

つまり、『大森林の奥には何かある』の『何か』はエルフの居住地だったってことだ。

エルフは、排他的な傾向の強い種族で、人族と争いが起こることも多々あるという。

俺は能天気にエルフの領域に踏み入ってしまった。藪《やぶ》をつついて蛇を出すとはまさにこのことだ。

そんな風に内心怯えていると、フローラは顔を寄せ、首元でスンスンと鼻を鳴らす。

「な、なんだよ」

俺は警戒を強めた。彼女がエルフなら、侵入者である俺を嫌う可能性は高い。

「お主、相当できるじゃろう？」

しかしそう言うフローラの口調は、どこか楽しそうだった。

「できる？　何がだ？」

「魔術じゃよ。お主からは洗練された魔力の香りがする。ここ何十年と嗅いでいない、良い香りじゃ」

フローラはそう言って、下から俺の顔を覗き込み、笑みを浮かべた。

どうやら彼女は俺を敵とは思っていないらしい。

「正直エルフの里は退屈じゃった。どうじゃ？　私と研究仲間にならぬか？」

思いがけぬフローラの提案に、俺は少し面食らった。

確かに研究仲間が欲しいとはずっと思っていたが……

「……研究仲間？　まだお互いの魔術を見てもいないのに？」

魔術の研究仲間になるためには、お互いの手の内を晒し合わねばならない。彼女の実力も知らずに頷けるわけはない。

だがフローラは俺の回答を聞いて、自信満々に笑みを浮かべた。

「良い回答じゃ。お主となら、友人、親友、パートナー……いやそれ以上の関係になれそうな予感がするぞ」

す、凄い自信だ……

だが確かに彼女から感じる魔力は量も質も並外れている。それにエルフならば、人間の持つ偏見や常識に囚われない新たな発想を持っている可能性だってあるのだ。

何か良い刺激を得られるかもしれない。

「じゃあこうしよう。お互い最高の魔術を使ってみるんだ。その方が手っ取り早いだろ？」

「ほう、面白そうじゃ！」

こうして、俺とフローラは互いの魔術を見せ合うことになった。まずは俺からだ。

イフには念のため、少し離れたところまで移動してもらった。

今から試すのは三十六層式連立魔法陣『白撃』をさらに進化させた四十二層式連立魔法陣『白王撃』という魔術だ。

俺は水面に手を当てた。

白王撃は触れているものには一切ダメージを与えず、その内部に衝撃を送る魔術だ。箱を壊さずに中のものを破壊する。それだけでなく、出力を絞れば、箱を破壊せずに中のものを調査することだってできる。

一件地味だが、暗殺や硬い金庫の中のものを破壊する時に役立つ……なんだか悪い使い方ばかりだな。

さて、俺が魔術を放っても、水面は揺れない。

だが少しして、ぷかりと一匹の魚が浮いてきた。

水中を泳ぐ一匹だけを狙ったのだが、どうやら成功したようだ。

「やるのうお主。こんな魔術、流石の私も見たことがないのじゃ！」

あえて玄人向けの魔法を使ってみたのだが、フローラはその複雑さを理解したようで、感嘆の声を上げた。

「まあ、俺のとっておきだからな。知られていたら困る」

フローラはご満悦といった表情で頷くと、「さて今度は私の番じゃな」と飛竜のコートを脱ぎ、俺の顔に投げてきた。

服にほんのり残る温もりと、石鹸のような香りに、なんとも言えぬ気持ちになる。

フローラは聖泉の近くまで行き――水面に足をつけた。そして水面の上をアメンボのように滑り始める。

一体どんな魔術を使っているんだ……？

聖泉を一周して、フローラは俺の方まで戻ってきた。

「とくと見るのじゃ、この凄まじき魔法を！」

フローラは、杖を構えた。

すると地響きがする――かと思えば、聖泉の水がそのままの形で浮かび、空中で大きな球へと変化した。

巨大な水球は段々小さくなり、やがて直径一メートル程度に圧縮された。

フローラはワンピースを翻しながら、くるっとこちらに振り向いた。

その瞬間、水球が弾ける。泉に降り注ぐ美しい雨と虹。幻想的な光景に思わず息を呑む。

……しかし、水球は全て雨粒に変わったわけではない。

残った水は、フローラに向かって落ちてきて――ん？

「綺麗じゃろう？　この私にかかればこの程度の魔術、造作も――」

「上！　上！」

ドッパーン！

フローラは落下してきた水球に呑み込まれ、見事にずぶ濡れになった。

ああ、このクソ寒い季節に……

ぷるぷると震えるフローラ。

「な、な、な、な」

「な？」

「なんで私だけ失敗するんじゃっ！　おかしいんじゃっ！」

フローラはわーわー喚き出した。

もしかしてこのエルフ、魔術の腕は凄いようだが、ポンコツなのかもしれない。

フローラは鼻をズビズビさせながら戻ってくると、俺から飛竜のコートを奪い取る。

「さ、寒っ！　寒いのじゃ！　お主、どうにかするのじゃ！」

フローラはコートにくるまりながら、そんなことを言う。

「火魔術ぐらい、フローラも使えるだろ？」

「エ、エルフに火魔術が使えないことぐらい、し、知っておるだろう？」

ああ、そういえばどこかでそんな話を聞いたことがある。

ふとフローラを見ると、下着が透けて見えていた。

め、目の毒すぎる。

「着火！　乾燥！　温風！」

火を起こすのと同時に、火魔法と風魔法を組み合わせて温風を発生させる。これで服もすぐに乾くだろう。

全身をホカホカにしてやるとフローラは「ああ～～快適なのじゃ……」と風呂上がりのおっさんのように目を瞑った。

なんだこのダメエルフは。ラウラとは違い、自分から問題を起こしていくタイプなのもタチが悪い。

そんな時だった。

「動くな、貴様！　人族如きが姫様に何をしている？」

「……っ!?」

気付けば背後から剣先を突きつけられていた。怒気を孕んだ口ぶりからして、後ろにいるのは恐らくエルフの一族だろう。まったく気配を感じなかった。

一応手を上げ、敵意はないと表明する。どうやら彼はイフに気付いていないらしい。念のため、そのまま隠れておくよう目配せした。

フローラが慌てたように、俺の背後の人間に言う。

「お前たち、何をやっているのじゃ。ドーマは人族と言っても――」

「姫様は、早くこの汚れた人族から離れてくださいませ。これは私が処分しておきますので」

すると、突然妙な匂いが漂《ただよ》ってくる。

甘いような、苦いような……そう思った時には抗いがたい睡魔に襲われていた。

全身の力が抜け、意識が遠のく。

「待つのじゃ。お前は誤解を……」

「姫様は騙されて……」

そんな会話に次いで、イフが遠くへ駆けていく音がした。

瞼が落ち、俺は意識を手放した。

目が覚めると、檻《おり》の中にいた。

枝を削って紐《ひも》で結んだだけの、粗い作りの檻である。そんな檻が、大きな部屋の天井からいくつもぶらーんと垂れ下がっている。

他の檻には、盗賊《とうぞく》っぽい人族の姿もあった。

どうやらエルフに昏倒《こんとう》させられ、ここに連れてこられたらしい。杖は没収され、身ぐるみ剥がされ、余裕のパンイチである。

以前ならず者たちに嵌《は》められ、牢にぶち込まれたことを思い出した。

俺、毎回捕まってねーか？

それはさておき、どうしようか。杖がなくても魔術は問題なく発動できるが、ここがどこかもわからない以上、いきなり魔法を使うのは迂闊な気がする。

そんな風に考えていると、声がする。

「食事の時間だ！」

いかにも高尚《こうしょう》そうなエルフの戦士らしき人が荷台を運んできたようだ。なのに何故か他の檻から溜め息が上がる。

食事の時間は、本来楽しいはずじゃ……

なんて思った矢先、俺の檻に何かが投げ込まれた。

それはうねうねと蠢《うごめ》く、芋虫だった。

「あ、あのー……これは？」

「ペルジョグチョ虫だ。栄養価は高い。喜べ」

ものは試しと食べてみたが……美味しくない。

よし、一刻も早く脱出しよう！

エルフが部屋を出るのを見計らって、俺は火魔術でこっそり檻を焼き切ろうとする。しかし——

「あ、あれ？」

魔術が発動できなかった。というより、魔力を放出した途端に霧散してしまい、形にならない。

「無駄だぜ兄ちゃん。アレによって張られた結界のせいで、ここでは魔術が使えないんだ」

隣の檻で寝そべっている盗賊らしき親父が部屋の中央を指差して言う。

そこには、見たことのない魔導具が設置してあった。

盗賊の親父は諦めたように両手を上げた。

「エルフに捕まった奴の行く末は死刑か実験台か奴隷だ。俺もツイてないぜ」

「実験台、ですか？」

「全身をこねくり回されるんだ。骨も残らぬほど研究材料にされて、最後はポイだ。奴隷の方がまだマシだな」

エルフを高尚な一族だとか言ったのは誰だ。

これは何がなんでも脱出しなければならない。

魔導具を観察してみる。大きな球状の石に直接魔法陣が刻まれており、光を発している。

描かれているのは二十層前後の連立魔法陣な気がするが、見たことはないな。

せめて反対側の模様も目視できればなんとかなりそうなんだが……


「食事の時間だ」

観察に夢中になっているうちに、気付けば一日経過していた。以前やってきたエルフの戦士が再び訪れ、ペルジョグチョ虫を投げ込んでくる。

やはり半分しか魔法陣を見られない中では埒《らち》が明かない。

俺は意を決してエルフの戦士に話しかけることにした。

「あの、あそこの石、反対側を見せていただけませんか？」

「……何故だ？」

俺は檻に頭を擦りつけながら、懇願する。

「き、綺麗な模様だなって。エルフ様の素晴らしい芸術をこの愚鈍な目に焼き付けたいんです！」

「……良かろう。良い心がけだ」

「あざーす！」

エルフは案外チョロかった。

エルフの戦士はあっさりと、魔導具の向きを変えてくれた。

さて、これで魔法陣の全貌が見えた。それを元に効果を打ち消す反魔法陣を考えるのだ。


「食事の時間だ」

さらに一日経過した。ペルジョグチョ虫が投げ込まれる。

しかし、今の俺には策がある。

慎重にペルジョグチョ虫の体に反魔法陣を刻む。

そしてタイミングを見計らって、それを魔導具に向かって投げる。

ペチッという音と同時に、魔導具の光が消えた。成功である。

檻を火魔術で焼き切り、脱出すると、盗賊の親父がガタンと立ち上がった。

「お、おい！　お前どうやって外に出た⁉」

だが説明している時間はない。

「俺に不可能はない。キリッ」

俺はドヤ顔でそう言うと、部屋を出た。

大きな通路が続いていた。壁面には蔦《つた》が絡んでいて、床には小さな植物が生えている。森の中の一部を居住用に改造したような印象を受けた。

「お前、何してる！」

看守のエルフが、俺を見て声を上げた。

しまった！　脱出三秒で発見されるとは！

看守のエルフは仲間を呼んできたが、魔術が使える以上、そう簡単には捕まらない。

岩の檻で敵を地面に縫いつける魔術『岩錠《がんじょう》』で体を拘束し、風魔術『風弾《ふうだん》』で怪我させないように気絶させる。

それを繰り返しながら通路を進んでいくと、やがて大きなドアの前に辿り着いた。

願わくば、出口でありますように。

そう思いながらドアを開けると、「何者だ！」という警戒心むき出しの声に出迎えられる。

ドアの先は、玉座の間みたいな部屋だった。

そして、大勢のエルフたちがこちらに槍を向けている。

部屋の奥には木製の椅子に腰掛ける髭を生やしたエルフが見える。

彼は俺を見るなり顔を歪めた。どうやら歓迎されてはいないようだ。

どうする？　全員倒すか？

思案していると、後ろの方から足音が聞こえてくる。

「ま、待つのじゃ‼」

息を切らして駆け込んできたのは、フローラだった。腕の中には俺の飛竜のコートが抱えられている。

俺を囲んだ兵士の一人がフローラを見て叫ぶ。

「姫様！　ここは危険です！」

フローラは兵士の忠告を無視してこちらに歩み寄り、そして俺の手を握った。

今度はヒゲエルフが声を上げる。

「フローラ！　何をしている！　早く離れなさい」

「だから、誤解なのじゃ！　この人族は悪《あ》しき者でもなんでもない、ただの魔術師だと言うておろう！」

フローラは俺の無実を主張したが、ヒゲエルフは俺をジロジロと値踏みし、見下したように言う。

「ふんっ、人族の魔術師などたかが知れている」

「ドーマは牢獄の魔導具を解除したのじゃぞ」

「……な、なんだって？」

急にヒゲエルフは狼狽《ろうばい》した。

どうやって知ったのかはわからないが、フローラは俺が牢獄を脱出したことを知っているようだ。

周りのエルフたちも、『お前まじかよ』みたいな目で俺をジロジロと見てくる。

こちとらパンイチなんだ。セクハラだぞ。

ヒゲエルフは恐る恐る、俺に声をかけてくる。

「ひ、人族よ、あの魔導具を解除したというが、どうやったのだ？」

「反魔法陣をペルジョグチョ虫に書いて、それを投げてぶつけました」

ヒゲエルフは水面から顔を出した金魚のように、口をパクパクさせた。

「馬鹿な、あれは我が一族の最高傑作……どころか解除できなくて困っていたほどの代物……」

ヒゲエルフは、正直者だった。

確かにあの魔導具に付与されていたのはかなり難解な魔法陣だった。解読に二日かかったのは、人生で初めてだったし。

それからフローラが改めて、俺が彼女を害したわけではないと説明してくれた。

ヒゲエルフは兵士たちを後ろに下げると、椅子から降りて俺の目の前にやってくる。

「……ゴホンッ。その、どうやら本当に誤解だったようだ。許してくれ」

ヒゲエルフは頭を下げた。

それどころか土下座して、そのままゴロンゴロン転がり出した。

「え？　ふざけてます？」

「これがエルフの最上級の謝罪なのじゃ」

隣にいたフローラが説明してくれた。

「正気か？」

イカれた一族である。

まあ特に被害があったわけでもなく、誠意も見せてもらえたので穏便に済ませよう。

とりあえずフローラから返してもらった飛竜のコートを着る。パンイチより何か羽織った方がいいだろうと思ったのだが、パンイチにコートって露出狂みたいだな。


結局服も杖も返却してもらえて、その上お詫《わ》びにと豪華な食事を用意してくれることになった。

ちなみにその内容だが、サラダにサラダにサラダ。たまに果物……そして芋虫。

エルフ、ヤバすぎる。

そんな食事の最中、ヒゲエルフことエルフの族長であるリーディンが言う。

「いやあ、まさかドーマ君がこんなにも凄い魔術師だとはなあ！」

あのあと少し魔術の話をしたら、リーディンはあっさりと俺に心を開いてくれた。

エルフは全般的に、結構チョロい。

「最初から言っておったじゃろう。父上は人の話を聞かなすぎるのじゃ」

フローラは腕を組み、ヒゲエルフに鋭く言い放つ。

「それは……本当に面目《めんぼく》ない」

「ドーマが温厚な人族だから良かったものの、一つ間違えれば我々は滅んでおったぞ。大体普段から洗濯物は適当であるし、食事は残すし、息は臭いし……」

リーディンがみるみる小さくなっていくのが気の毒で、俺はつい口を挟む。

「フ、フローラ、少し言いすぎじゃないか？」

「私はお主を軽んじたことに怒っておるのじゃ」

その割には今回の件に関係ない悪口を言っていたような。

娘からボロクソに言われる親父ほど哀れなものはない。

そう思っていると、フローラの母、すなわち族長妃のラーフもリーディンを鋭い言葉のナイフで滅多刺しにする。

「そうね、あなたは族長としてもポンコツだし部下にはカッコつけたがるけど中身がないのよ」

段々リーディンが可哀想に思えてきた。

彼は俺に重ね重ね詫びを入れた上に、このような対応を取った経緯を説明した。

どうやらエルフの里（彼らはエルリンクと呼ぶ）は人族出禁らしい。

俺の予想通り、あの泉もエルフの縄張りの中にあったようだ。

そんな場所で姫であるフローラと人族が一緒にいるということは、姫が手籠《てご》めにされそうになっているに違いない……とエルフの戦士たちは思ったようだ。

その結果、若い戦士衆が先走り、俺を確保。見栄っ張りなリーディンは娘の話を素直に聞かずに俺を投獄した——ということらしい。

……うん、事情を知ると同情する余地があんまりないように思えてしまう。

「というかフローラは姫様だったのか」

これまでもずっと姫様と呼ばれていたからなんとなくわかっていたが、一応確認しておく。

「うむ。みんなからは大賢者様と呼ばれておるがな」

誰もそんな呼び名使ってないけど。

……まあフローラについてはともかく、エルフに関して一つ、確かめておきたいことがあった。

「ところで、どうしてエルフの里は、人族を出禁にしているんですか？」

そう尋ねるなり、リーディンは真剣な表情に変わる。

「無論、エルフが人族によって奴隷にされてきた過去があるからだ」

「そんなことが……」

知らなかった。

だがリーディンの表情を見れば彼の言うことが嘘ではないとわかる。

フローラが口を開く。

「じゃがそれは、もう何十年も何百年も前の話じゃろう？　それだけで人族を敵視するのはもはや古いのじゃ」

古いのはフローラの喋り方だが、リーディンは神妙に頷いた。

「人族の中には盗賊など悪しき者も存在する。だがそれはエルフとて同じこと。ドーマ君のような一部の人族とは、交流を深める必要があるかもしれぬな」

リーディンは俺をちらっと見て、そのまま隣に座るフローラに視線を移す。

背筋がゾクッとした。嫌な予感がする。

「どうだドーマ君、フローラを嫁にもらわんかね？」

「え、えええええ!?」

脈絡のないリーディンの提案に俺は叫んだ。

隣にいるフローラも慌てて立ち上がる。

「ちょっと父上、何を言うのじゃ!?」

「フローラも結婚するなら稀代の魔術師が良いと言っていただろう。まさに運命的な出会いだ」

リーディンの言葉に、ラーフも笑顔で頷く。

「そうね～お似合いじゃない」

何わろとんねん。

なんて思いながら冷めた目をする俺に、フローラが言う。

「ま、私は別にやぶさかではないぞ。お主と私の子供であれば随分利口に育ちそうじゃしな」

「な、何ィ!?」

どうやらお隣も敵だったらしい。

ほんのり頬を赤らめながら彼女は俺の顔を覗き込む。

「誰でも良いわけではないぞ？　子供を作るのは」

子供って……いくらなんでもそれはダメだろ。

「俺たち、まだ出会って数日だぞ？」

「いけないのか？　愛があれば問題なかろう」

「その……倫理的に子作りっていうのは、時間をかけて関係性を深めてからするもんだろう？」

俺は何を言っているんだ。そもそも俺とフローラの間に子供をなすほどの愛はない。

だがフローラは信じられないことを口にした。

「お主何を言っておるのじゃ。子供は神鳥《しんちょう》が運んでくるものじゃろう」

「……ん？」

リーディンの方を見ると、もごもごと「いやフローラは魔術にしか興味がなくてな……」なんて言い訳をしている。

まさか。いやまさか。

「愛あるキスを見届けた神が、子供を授けてくれるのじゃよ。もしかしてお主、口付けが恥ずかしいのかのう？」

フローラは悪戯《いたずら》っぽく微笑んで、俺を小突いてくる。大事なことが伝わっていないようだ。

親子揃ってポンコツなのかこいつら。

俺は、さっきからニヤニヤしているラーフを見る。

「ラーフさん、どうにかしてください」

「あら、無知シチュエーションも良いと思うわよ」

やっぱりわかっていて楽しんでいやがるこの人。ってか無知シチュエーションってなんだよ。

「全然魅力的じゃないです」

ラーフは「あらあら」と口にしてからフローラを手招きして呼び、近くのバナナを手に持ってゴニョゴニョと耳打ちする。

最初はぽかーんとしていたフローラは、ぷるぷる震え、顔を赤らめていく。

「ちょ、ちょ、ちょっと待つのじゃ！　こ、こんな破廉恥《はれんち》なこと、聞いておらぬ！」

そんなわけで結婚の話は保留になった。


食事会が終わってから、俺はリーディンにラリャの話をすることにした。

エルフの赤ん坊が捨て子として木こりに育てられていたこと。今は、村で預かっていること。そして、執行官の存在がある以上、村にいても決して安全ではないこと。

エルフの里があるならば、そこで暮らす方がラリャにとって良いかもしれないと考えたのだ。

話を聞き終えると、リーディンは眉間にしわを寄せた。

「盗賊によってエルフが誘拐されることがあるんだ。ラリャという子も、盗賊に攫《さら》われた上で捨てられたのだろう」

リーディンが言うには、エルフは妊娠《にんしん》しにくいので、自ら子を捨てることはほぼないようだ。

そして、リーディンは声を低める。

「里では三歳になった時に、里の一員として迎え入れる儀式を行う。基本、我らはそれを経験していないエルフを里に迎えることはできない」

リーディンの口調は厳しいものだった。族長として、規律を守ろうとする意思が伝わってくる。

だが、リーディンは小さく笑みを零す。

「しかし、時代は変わる。すぐには難しいが、しばらく様子を見て問題なさそうであれば、里の外れに住むことを許そう。君に免じてな」

その言葉に、俺は頭を下げる。

ローデシナ村でずっと暮らすよりは、エルフと暮らす方がラリャにとってはいいはずだ。幼いエルフにとって、人族の世界はあまりに厳しい。

リーディンは続ける。

「ドーマ君も今は一度帰りなさい。こちらの不手際で数日拘束してしまったわけだが、帰りを待つ者もいるだろう。フローラにはそのラリャという少女の様子を見るよう言っておこう」

フローラが付いてくるらしい。ラリャのことは俺がお願いしたとは言え、これで屋敷に転がり込んでくることがあったら大変だ。

「別に嫁に取るつもりはありませんよ？」

俺は牽制のためにそう言ったが、リーディンは動じない。

「フローラは満更でもないようだが？」

フローラはこちらを窺うように見てきていた。

彼女が望んでいるとしても、俺のキャパはすでに満杯だ。

ただでさえ今のメンバーを相手するのに苦労しているからな。

……まあ、なるようになれだ。

翌日、フローラの案内で再び聖泉まで戻ってきた。ここからは俺がローデシナまで案内する番だ。

道はまったく覚えていないが。

右へ左へうろうろ歩いていると、フローラが「お主、さては方向音痴じゃな？」と白い目を向けてくる。

ギクリ。

フローラは大きな溜め息を吐いてから、懐からとあるものを取り出した。

「仕方がない、私が手を貸してやろう」

彼女が取り出したのは二本の金属製の棒だった。

「それはなんだ？」

俺が冷ややかな視線を向けていることにも気付かず、フローラは自信満々に胸を張った。

「ダウジング棒じゃ！　これを使えばお目当ての場所にすぐ辿り着けると本に書いておった！」

なんでエルフがそんなものを持っているんだ。

早速使ってみたが、ピクリともしなかった。

「お、おかしいのう」とフローラは首を傾げる。

俺たちがそんなことをしていると、近くの茂みが小さく揺れる。

「グロゥ！」

「イ、イフ！　元気だったか！」

イフは俺を見つけると、腕の中に飛び込んでくる。

「グワッフ！」

純白の毛並みが少し泥で汚れているのが目に入った。俺が攫われたあとも、ずっとここで待っていてくれたのだろう。流石は俺の相棒。

魔術で全身を洗い、風で整えると気持ち良さそうにパタパタと尻尾を揺らした。

イフが綺麗さっぱりしたところで、俺はイフの背中に乗る。

イフの足なら森だってすぐに抜けられるはずだ。

だが、フローラはなかなかイフに乗ろうとしない。

「白虎に乗るのは少し恐れ多いんじゃが……」

「歩いてもいいけど、三日はかかるぞ」

「ふむ、なかなか良い座り心地じゃ」

フローラはすぐにイフにまたがった。

随分と現金な奴だ。


颯爽と森を駆け抜け、三日ぶりにローデシナ村へと帰ってきた。

洋館へ戻りドアを開けると、バタバタとみんなが玄関に集まる。

「ご主人様！　とっても心配したのです！」

「遅くなってごめんな、ニコラ」

帰るなり胸元に飛び込んできたニコラの頭を撫でていると、ノコが俺の脛《すね》を蹴り上げてくる。そしてイフを回収していった。

い、痛いしひどい。

一方でサーシャは腕を組み、不機嫌そうにこちらを睨みながら「何してたのよ？」と聞いてくる。

非常に怖い。

「心配かけてごめん。ちょっと色々あったんだ」

俺がそう言うと、サーシャは顔を背ける。

「別に！　心配なんかしてないわよ！」

「嘘なのです。サーシャ様はずっと玄関でウロウロしていたのです」

「ちょっとニコラ！　あんた！」

サーシャは耳を真っ赤にしながらも、俺に寄りかかってくる。

「……急にいなくならないでよね」

なんだか彼女が可愛らしく思えてしまう。

しかし、そんなことをしている場合ではなかった。

「ドーマ、このひとは？」

そう口にしたラウラは、フローラのエルフ特有の長い耳をじっと凝視している。

「ほ～立派な家じゃのう～」なんて、本人は観光気分ですけれども。

俺は一通りの出来事を話した。

エルフのフローラと出会ったこと。里で族長と話したこと。そして、捨て子のラリャという子を、里まで送り届けたいこと。

俺がエルフに捕まっていたことは省いた。余計な心配はかけたくないし、もう終わった話だ。

俺の説明を聞いて、まず最初に声を発したのはニコラだった。

「つ、つまり現地妻ということなのですか⁉」

それにサーシャも続く。

「それも魔族よ？　正気かしら？」

どうやら彼女たちは大きな勘違いをしているようだ。

「別にフローラは現地妻じゃない。それに魔族といってもただ耳が長いだけだ」

「なんじゃ、現地妻ではないのか？」

フローラは面白がって茶々を入れてくる。

おかげでサーシャには睨まれ、ラウラには足を踏まれた。針のむしろである。

俺は話を戻すために一度咳ばらいした。

「俺はただラリャに幸せに暮らしてほしいだけだ。魔族の子供ってだけで傷付けられるのはおかしいだろ？」

「……それはそうね。それに勘違いしてほしくないけれど、帝国におけるナドア教の教義では別にエルフは迫害対象じゃないわ。魔族に分類はされているけどね」

そう言って、サーシャはフローラを見つめた。

「ん？　あれ、そうなのか？」

ナドア教のことも帝国のこともよく知らないが、てっきり魔族はみんな恨まれているのかと思っていた。

「エルフを心の底から憎んでいるのは、王国の頭の飛んだ執行官だけよ？」

なんだ。じゃあ別に隠すこともなかったのか。

「でも」とサーシャは続ける。

「先生はとってもおモテになるのね？」

刺すような視線。心臓を冷たい手で握られたようで、俺は思わず「ひっ……！」と小さい悲鳴を上げた。

すると、フローラは言う。

「ふふん。ともあれ、少しの間厄介になるぞ。とはいえ心配せずともこの家での身分は弁《わきま》えているつもりじゃ。何せ私は『森の大賢者』じゃからな」

「だいけんじゃ？」

ラウラはフローラの言葉に首を傾げた。

「そうじゃ。凄いじゃろう！」

「それってなに？」

「…………凄い人のことじゃ！」

数十年生きてきた割に語彙力《ごいりょく》がしょぼい。

だがポンコツ感が伝わったおかげか、みんなフローラに害はないと判断したようだ。

「というわけで改めて、よろしく頼むぞ」

フローラは偉そうにそう挨拶をした。

そんなわけで、家に臨時の住民が一人増えた。

☆

ローデシナ村の外れ。

そこにひっそりと佇む小さな家では若い男と幼い女の子と一匹の犬が、身を寄せ合って暮らしていた。

一人はローデシナの雑用を精力的にこなすBランク冒険者、グロッツォミエント。

そしてもう一人はエルフの少女、ラリャ。

加えて犬のタマ。

そんな屋敷を遠目で観察しながら不敵な笑みを浮かべる男が一人――B級魔族狩り執行官のシンプソンである。

「ついに見つけたぞ。エルフ……ローデシナの魔族め、ここにいたか」

彼はローデシナに来てから数日間かけ、大森林に蔓延《はびこ》る盗賊どもを従えた。そしてひたすら情報を集めて、ラリャの居場所を掴んだのである。

シンプソンの周りにいる盗賊たちは、下品な笑みを浮かべる。

「へへへ、執行官様、今すぐにでもやっちまいますか？」

「あのグロッツォミェントという男も、元は盗賊。金をやれば魔族を差し出してくるに決まってますぜ」

そんな報告を受け、シンプソンは乾いた唇を舐めた。

グロッツォミェントとラリャを仕留めるのは、彼にとっては容易い。

しかし、シンプソンにはある懸念があった。

「この村には奴がいる。魔術師ドーマ……奴と戦うのは面倒だ」

シンプソンはグルーデンで負った傷を忌々しそうに掻きむしる。

（あの時は、いつの間にか意識を失っていた。魔術師のことだ。卑怯な手を使ったに違いない。正面から戦えば負けるわけがないのだ……だが念には念を入れる）

「お前ら盗賊は、村の北部を襲え」

シンプソンは周りにいた盗賊に、そう指示を出した。

盗賊の一人が首を傾げる。

「へっ、それだけでいいので？」

「お前らは陽動だ。ど派手にやれ」

シンプソンの提案は、盗賊たちにとって都合の良いものだった。

彼らは自分たちの衝動のはけ口が欲しいだけなのだから。

「好きにしてもいいんですかい？　略奪しても、女を犯しても許されますかい？」

「俺は知らん」

「へへへ……」

盗賊たちは涎を垂らして、ニタリと笑った。

シンプソンにとっては、こんな辺境の村のことなどどうでも良かった。

彼は諸悪の根源は魔族であると――魔族を殺せば、全てが解決すると本気で信じている。

「ああ神よ。このシンプソンに大いなる力を」

『撲魔のシンプソン』は神に祈りを捧げ、のっそりと立ち上がった。

彼の頭の中には、エルフの少女を仕留めることしかない。

8

「チッ、今日もなかなか寒《さみ》ぃな。ラリャが凍えてなきゃいいが」

村の巡回を終えたクラウスは、そう呟き、己の灰髭を撫でながら村の南部の外れに向かっていた。

グロッツォミエントがラリャを引き取ってから数週間経っている。

二人でいきなり暮らすのは大変だろうと、クラウスは何度も彼らの元を訪ねていた。

元々クラウスにとってグロッツォは可愛い弟子だったし、ラリャも素直な子だ。

ラリャが魔族であることも、非ナドア教徒のクラウスには関係ない。

しかし、幸せな日常とは儚いものである。

「ク、クラウスさん！　盗賊が現れました！」

彼を追いかけてきた村人の言葉に、クラウスは気を引き締める。

「何？」

「村の北部の方が、急に盗賊に襲われまして、あちこちで火の手が……」

「北部？　あそこは特に守りが堅い場所だろうに」

「今は村の若い衆が応戦してますが、クラウスさんにも応援に来ていただきたいのです！」

「ああ……いや、ちと待て」

かつて王国の将軍を務めていたクラウスの勘は、些細な違和感を見逃さなかった。

（村の北部は資源の集積場だ。傍から見ても守りはガチガチに堅めてあるし、屈強な男どもが警備に当たっているはずだ。盗賊といえども、考えなしに襲うだろうか……？）

戦場でも、大事な時にクラウスの命を救ってきたのは直感だ。

今回も、それに従おうと質問する。

「ドーマには、このことを伝えたか？」

「いえ、これからです」

クラウスは少し考え、口を開く。

「……北部の防衛はドーマに頼んでくれ。アイツなら一人でも平気だろう」

「クラウスさんはどうするんですか？」

「気がかりなことがあってな。グロッツォと合流してから、俺もそっちに向かう」

幸いなことに、ローデシナの戦力はクラウスだけではない。

飛竜をも簡単に討ち取るような魔術師が滞在しているのだ。

（アイツは何考えてるかはよくわかんねえが、いざという時には頼れる奴だ）

内心で呟くクラウスは、グロッツォとラリャに危険が迫っているのではないかと予感していた。

「杞憂《きゆう》であればいいが」

クラウスは剣を片手に、雪の中を駆け出した。

☆

俺、ドーマは村人から報告を受け、村の北部にやってきていた。

雪景色の中、家や倉庫のあちこちに火の手が上がっている。

盗賊の襲来は今までに数回あったが、ここまで大規模なのは初めてだ。

現場では村の冒険者や兵士が盗賊と戦い、手の空いた人は火を消そうと慌てふためいている。

「これはひどいな。早く鎮圧しよう」

「ん」

ラウラはコクリと頷いた。

今回はラウラとフローラに一緒に来てもらい、イフやニコラ、サーシャは家で待機させた。盗賊の別働隊がいればそっちに対応してもらうつもりだ。

俺たちの仕事は、ひとまず火を消し盗賊どもを成敗することだ。

「ラウラ、盗賊はやれるか？」

「ん、きぜつさせればいい？」

「ああ、死体は処理するのが大変だからな」

俺がそう言った傍から、『光姫《こうき》』ラウラは目に付いた盗賊をなぎ倒していく。

盗賊は迎撃する間も与えられず、ただ悲鳴を上げるのみだ。

「あ、あれほどの剣士は見たことがないのう。やはり世の中は広い……」

感嘆するフローラに、俺は言う。

「フローラ、俺たちも仕事だ」

「初めての共同作業じゃな？」

やかましいわ。

態度こそふざけているが、フローラの魔術の実力は相当のものだ。エルフ流というか、魔術の発動方法こそ俺と少し違うが、実力はそこまで変わらないだろう。

これから使おうと考えているのは、九層式連立魔法陣『誕雲降雨《たんうんこうう》』。

その名の通り雲を生み出し、大雨を降らせる魔術だ。

コントロールが難しく、気を抜くと嵐や雷雨を生み出してしまう魔術だが、フローラと二人で使えばさほど難しくない。

「合体は気持ちいいものじゃのう」

魔力を合体させれば魔術を簡単に扱えるから、気持ちいいってことだよな。

言い方が気持ち悪いぞ、フローラ。

おかげで集中が多少乱れたが、無事鎮火できた。

それから傷付いた兵士たちを俺が回復魔法で癒したことで、形勢は逆転する。

雨を降らせて五分ほど経った今、盗賊はほとんどが地に伏すか、剣士への恐怖に泡を吹いている。

「ちっ、森に引け！　引け！」

なんて言いながら、盗賊たちが慌てて森の中に逃げ隠れする。

「む、あ奴ら逃げるぞ」

フローラがそう言って盗賊を指差す。

このまま逃がせば、いずれまた村を襲うかもしれない。

ここで一網打尽《いちもうだじん》にしてしまおう。

「ラウラ、追うぞ！」

「わかった」

ラウラは俺の言葉に頷くと、再び全力で駆け出し、すぐさま盗賊の元へ辿り着く。

盗賊たちはラウラを見て、少女を見たとは思えない恐怖の声を上げる。

「ひ、ひっ！　お助けを！」

「あ、悪魔だあああ」

「あくまじゃない」

断末魔の叫びを上げる盗賊たちを、ラウラは次々に斬り伏せていく。

俺は盗賊の反撃を無効化して、彼女をサポートする。

あっという間に盗賊全員を捕まえた。

盗賊の頭領が腰を抜かしながら、俺たちを見上げた。

「な、何なんだお前たちは……話が違うぞ！」

頭領の口ぶりは、まるで事前にローデシナのことを知っていたかのようだ。怪しい。

「話？　何の話だ？」

「けっ！　誰が話すかよボケが！」

ペッと唾を吐かれたので魔術でガードする。

跳ね返った唾はそのまま頭領に降りかかった。ばっちい。

どうやら盗賊の襲来には、何か裏がありそうだった。拷問《ごうもん》とかは苦手なんだが……

俺が頭領の対応に悩んでいると、フローラが盗賊の前に立つ。

「私に任せるのじゃ。精神系の魔術は得意分野での」

「ほんとか？」

勝手に繊細な魔術は苦手だと思ってたぜ！

フローラは杖を構え、ぶつぶつ呪文を唱え出した。その途端、頭領は目をとろーんとさせたかと思えば、白目を剥き、ガクガクと震え出した。

「だ、大丈夫なのかこれ!?」

「安心せい。私はプロじゃぞ。大船に乗ったつもりで任せるのじゃ……まぁこの魔術を使うのは初めてじゃが……」

後半は独り言のつもりだったのだろうが、聞こえているぞフローラ。

一気に泥船の気分になったんだが。

「あ、あ、あ……執行官が……あ……魔族を狙って……あ……俺たちは陽動……あ……」

頭領が呟く単語の中に、いくつか気になるものがある。

「魔族？」

俺が問いかけると、頭領はぶつぶつ呟く。

「あ……あ……村の外れの……あ……エルフ……」

俺とフローラは顔を見合わせた。

まさか魔族狩り執行官が、ラリャを狙っているのか!?

「もしこの襲撃が陽動ならまずいぞ。ラリャと、ついでにグロッツォが危ない」

「うむ。だがこ奴らを放っておくわけにもいかぬ。私が見張っている。お主とラウラは先に向かうのじゃ」

ラウラはコクリと頷いた。

「ん、フローラありがとう」

フローラの言葉に甘えて、俺とラウラはグロッツォたちの家に向かう。

魔族を捕まえるために、盗賊を使い村を襲う――そんな暴挙が許されていいのか。

いや、考えるのはあとだ。ラリャが危ない。

どうか、間に合ってくれ……

☆

雪の残る森の中に、グロッツォとラリャは立っていた。

彼らの目の前にはガラの悪い盗賊と、巨大な棍棒を持つ男――シンプソンが立ちはだかる。

外でグロッツォとラリャが遊んでいるところに、二人が押しかけてきたのだ。

「なあ、魔族を差し出せや、兄ちゃん」

盗賊は、そう言ってラリャを指差した。

「……誰だお前ら」

グロッツォはラリャを背後に隠しつつ、怯むことなく二人を睨みつけた。

「お前のことは知っているぞ。赤旗団《せっきだん》の元頭領、グロッツォミエントだろ？　かの有名な大盗賊がこんなチンケな場所にいて、まさか子守りをしているとはな」

実はグロッツォはその昔、赤旗団というその界隈《かいわい》では名の知れた盗賊集団を束《たば》ねていた。

そんな己の過去を指摘され、グロッツォは思わず叫ぶ。

「──ッ！　うるせえ！　どこにいようが俺の勝手だろ！」

盗賊はニヤリと笑うと、己のポケットを漁《あさ》った。

「そりゃそうだ。だが勿体ねえと思ってな」

「勿体ない……？」

盗賊がそれに答える代わりに何かを弾く。グロッツォの足元に転がったそれは、金貨だった。

眩い煌《きら》めきを放つ金貨を見て、グロッツォは思わず唾を呑み込んだ。

盗賊はそんな反応を見て、意気揚々と言葉を発する。

「お前の話は聞いたぞ。最近は村の雑用を押し付けられているらしいな。はした金しかもらえない生活に、お前は満足しているのか？」

「どういう意味だ」

「俺たちの仲間になれ」

「……ッ！」

盗賊はもう一枚金貨を転がす。

「後ろの魔族を渡すだけでいい。そうすりゃ金貨を十枚やる。そしてお前は盗賊に戻るだけ。悪い話じゃないだろう」

「金貨……十枚……」

盗賊の話はハッタリではないだろうと、グロッツォは判断していた。グロッツォも盗賊時代には毎日のように金貨を得ていたからだ。その経験から、金貨十枚程度ならあっさり支払えるだろうことはわかる。

その時、ラリャが声を発する。

「お兄ちゃん、あの人たちなにいってるの？」

ラリャはグロッツォの背中のマントを掴んでおり、その手は震えている。

グロッツォは己の背後に、守るべき少女がいることを再認識した。

そして「大丈夫だ。俺が守ってやる」とラリャに告げ、盗賊に向き直る。

「お前たちは、ラリャをどうするつもりだ？」

「殺す。魔族は皆殺しだ」

グロッツォは盗賊に聞いたつもりだったが、答えたのはその隣にいるシンプソンだった。

シンプソンは淡々と言い放つ。

「だがそれがどうした？　お前には何の関係もない魔族だ。血の繋がりがなければ心を痛める道理もないだろう」

グロッツォはその言葉を聞き、ラリャと出会ってからの日々を思い出した。

（……確かに、俺とラリャは何の関係もない他人だ。しかもラリャのせいで木こりたちの借金は取り損ねたし、生活費も二倍かかりやがる。家に女も呼べなくなっちまった）

「もういいだろう？　さあ早くそいつを渡せ」

シンプソンの言葉を無視して、グロッツォは目を瞑る。

（もう一度盗賊になり、自由な日々を謳歌《おうか》する……か。それも悪くねえ。だが——）

グロッツォは目を開けると、胸を張って告げた。

「やだね。断る」

「……なんだと？」

シンプソンは怪訝な表情を浮かべた。

「俺はクズだ。金に、自由だって欲しい」

「……ならば——」

シンプソンの言葉を遮るように、グロッツォは足元にある金貨を蹴飛ばした。

「だがな。人を裏切って——切り捨てて、惨めな思いすんのはもうごめんなんだよ。何より、他に頼れる奴がいねぇガキを売り渡すなんざ、男じゃねえ！」

グロッツォはシンプソンたちを見据えながら、背後で怯えるラリャの頭を優しく撫でた。

「つーわけだ。帰ってもらえねえか？」

「……それはできない。やれ」

シンプソンの言葉に対して、盗賊は小さく舌打ちをする。

彼の『勿体ない』という言葉は本心だったのだ。

盗賊は腰に差した剣を抜き、グロッツォに斬りかかる。

だが、グロッツォは動じない。咄嗟に足元の雪を蹴り上げ、敵の視界を遮る。

そして盗賊の動きが僅かに止まった隙に、服に仕込んでいた短剣を投擲《とうてき》した。

短剣は盗賊の喉《のど》に突き刺さる。

「グッ、ガッ」

盗賊は声にならない声を上げて倒れた。

「使えん盗賊め」

冷徹にそう吐き捨てたシンプソンは、棍棒を引きずりながら、グロッツォの元へ歩き出す。

グロッツォは家の扉の方に目をやった。愛用の剣は今、家の中だ。

ラリャを抱え、グロッツォは家に向かって走り出す。

「させんよ」

だが、無防備になった背中に向かって、シンプソンは棍棒を振るう。

グロッツォは家の外壁に叩きつけられた。

「だ、大丈夫かよラリャ……」

グロッツォは、激痛をこらえながらよろよろと立ち上がる。

そして近くに落ちていた木の枝を掴む。

「そんな武器では私に勝てんよ」

シンプソンは憐《あわ》れみの視線をグロッツォに向けた。

「うるせえ!」

グロッツォは木の枝をシンプソンに向かって振るう——が、それは簡単に砕かれる。

シンプソンは棍棒でグロッツォの足を殴り、骨をへし折った。

「あ、あがっ……」

バランスを失ったグロッツォは地面に倒れ込む。

それでもラリャだけは守ろうと、倒れながら腕の中に少女を強く抱いた。

「無駄な抵抗はやめろ。魔族以外を手に掛けるのは心が痛むのでね」

シンプソンはそう言いつつ、ラリャに向かって手を伸ばす。

「ク、クソが」

グロッツォはもう一本短剣を取り出し、シンプソンの顔面目がけて投げつけた。

だがシンプソンは首を横に振るだけで、いとも容易くそれを躱す。

「そんなに死にたいなら、仕方がない」

シンプソンは棍棒を握り直し、振り上げて——

「そこまでにしてくれるか？　なあ執行官さんよ」

突如割り込んできた声に、シンプソンは動きを止めた。

彼の首先には剣が突きつけられている。シンプソンの顔に汗が浮かぶ。

「こいつは俺の大事な弟子なんでね。グロッツォ、生きてるか？」

声の主はクラウスだった。

「ク、クラウスさん……すまねえ……俺……」

「よくラリャを守ったよ」

涙を浮かべながら言うグロッツォに、クラウスは優しい笑みを向けた。

だがシンプソンは「ぬ、ぬうぅぅぅぅうん！」と声を上げながら咄嗟の隙を突いて首元の剣を弾き、クラウス目がけて棍棒を振り下ろす。

クラウスは攻撃を華麗に避けながら、シンプソンの顔面に雪玉をぶつけた。

「くっ、面倒な剣士め！　私は執行官だぞ！　執行官は正義だ！　わかっているのか！」

シンプソンは逆上し、クラウス目がけて突進。再度棍棒を思い切り振るう。

クラウスは飄々《ひょうひょう》と返す。

「そんなことは聞いたことがないね」

それからもクラウスは攻撃を躱し、剣で受け、隙を見てシンプソンの体を斬りつけていく。

数回打ち合っただけでも実力差は明白だった。

体から血を流し、肩で息をするシンプソンに対し、クラウスは傷一つ付いておらず、息も乱れていない。

「わ、私が負けるわけはない。私は執行官だ。負けるわけがなあああああい‼」

シンプソンはそう言うと、棍棒で地面の雪を掬《すく》い上げ、クラウスに飛ばす。

クラウスの周りに細雪《ささめゆき》が舞った。

視界を遮った隙に強烈な一撃を打ち込もうと、シンプソンは棍棒を振りかぶる。

「俺ぁ最初から盲目なもんでね」

クラウスは、すでにシンプソンの懐に潜り込んでいた。

シンプソンは驚愕の表情を浮かべる。

「ば、馬鹿な……」

クラウスの強烈な一撃が、シンプソンの腹に叩き込まれた。

彼は、ガクリと膝を突く。

「大丈夫かグロッツォ。怪我は？」

「俺は大丈夫です。でもラリャが……」

そう言ってグロッツォは、腕の中にいるラリャに視線を落とした。ラリャの瞳は閉じられている。

クラウスは軽くラリャの体に触れた。

「気絶しているだけだ。お前もラリャも、休めばすぐ良くなる」

その言葉に、グロッツォは安堵《あんど》の息を吐く。

クラウスは微笑む。

「……よくやったグロッツォ。それでこそ俺の弟子だ」

「……へへ。もうクラウスさんに折檻《せっかん》されるのはごめんですからね」

「ははは、そりゃそうだ」

そうして、クラウスとグロッツォは笑い合う。

だがグロッツォは突然、大きく目を見開いた。

「ク、クラウスさん！　後ろ！」

「あ？」なんて言いながらクラウスが振り返った瞬間、彼の体は鈍い音とともに弾き飛んだ。

「……痛《いて》ぇな、何なんだ、一体？」

クラウスは殴られた腹部を押さえながら、さっきまで自分がいた場所を見る。

「グギグガガ……私は……正ギギギ」

そこにいたのはシンプソンであり、シンプソンではない何かだった。

皮膚を突き破りかねないほど膨れ上がった肉、胴体に空いた巨大な口、背中に蠢く赤紫色の触手——まさに、化け物だった。

化け物は、その巨体を震わせてクラウスの方へ飛びかかる。

「ママママ魔族殺スススス」

「なんだってんだよ、コイツは⁉」

化け物は四本の触手を鋭く振り下ろし続け、クラウスは剣でそれを弾く。

だが、化け物の攻撃は速く、そして重い。

防ぐだけでもクラウスの全身はミシミシと悲鳴を上げていた。

だがそれでも聴力と魔力探知を駆使してなんとか捌《さば》き、着実に反撃を加える。

「ギギギギギギ聴力ククク」

化け物は突如、二本の触手を地面に打ち付けた。パァンという巨大な破裂音が鳴り響く。それによってクラウスの聴覚は一時的に麻痺《まひ》させられる。

盲目のクラウスにとって、音は周囲を知る重要な情報源だ。その音が聞こえなくなったことで、クラウスの動きが一瞬止まる。その僅かな隙をついて、触手がクラウスの腹にめり込んだ。

クラウスの体は地面に何度もバウンドして、ようやく止まる。

「ガッ……」

クラウスはよろけながらも、なんとか立ち上がる。

それを見て、胴体にある巨大な口が笑みを浮かべた。

「魔力ククククク」

化け物はその口から、黒く濃い魔力を吐き出した。

周囲にそれが広がったことで、クラウスの魔力探知が阻まれる。

聴力、魔力。そのどちらも奪われたクラウスの世界は真っ暗闇だった。

触手がクラウスの腹を、足を、顔を、胸を――全身を打ち据える。

そして最後に腹に一撃。

クラウスは吹き飛び、力なくくずおれた。

それを見たグロッツォは、悲痛な叫び声を上げる。

「ク、クラウスさん‼」

「弱イイイイ殺ススス」

クラウスはそれでも、なんとか立ち上がろうとする。

グロッツォはクラウスを見ながら、必死に自分にできることを探す。

（このままじゃ、クラウスさんが死んじまう……いや、それだけじゃねぇ。そのあとは俺もラリャも殺されちまうんだ……なら……）

グロッツォは覚悟を決めると、激痛に眉を顰めながら、化け物の前に立ちはだかった。

何も見えずとも気配でそれを察知したクラウスは、その背中に問う。

「……グロッツォ、お前一体何を……」

「クラウスさん。ラリャを連れて逃げてください。俺はこの足じゃ逃げられねえ」

グロッツォの提案に、クラウスは狼狽《うろた》える。

この提案に従うことは、グロッツォを見捨てることを意味するからだ。

「だ、だが……」

「早く逃げろって言ってんだよ‼」

全力で叫ぶグロッツォを見て、クラウスは彼の覚悟を知った。

ラリャを抱き抱え、クラウスは化け物を背に走り出した。

それは彼の人生で、初めての逃亡だった。

「ラリャを頼みます、クラウスさん……」

グロッツォはクラウスの背中を見送ると、そう小さく呟き、迫りくる化け物を見据えた。

しかし、彼に作戦などない。

ただの時間稼ぎにしかならないことは、グロッツォ自身が一番知っていた。

「魔ゾクク。ドコダダダ」

「魔族はてめぇだろうがよ」

グロッツォは化け物に向かって走り、手に持った短剣を突き刺す。

だが化け物は気にする様子もなく、触手でグロッツォを吹き飛ばした。

化け物は地面に転がるグロッツォに歩み寄り、無情にもトドメを刺そうと触手を振り上げる。

万事休す――だが、グロッツォは笑みを浮かべた。

「……来るのが遅いんだよ」

その瞬間、化け物は吹き飛んだ。

雪が舞い、やがて二つの影が姿を現す。

「だいじょうぶ？」

「この場は任せてください！」

そこにはちんまりした女剣士と、息を切らした魔術師の姿があった。

☆

グロッツォは瀕死の状態で横たわっていた。

全身生傷だらけで、腹からは骨が突き出している。

そして、そのすぐ側には得体の知れない化け物がいた。

俺、ドーマはとっさに魔術で化け物を吹き飛ばしたが、奴はすぐに起き上がる。

ラウラが化け物に向かって駆け出していく。

あんな魔物は見たことがない……いや、そもそも魔物なのか？　執行官はどこに行った？

気になることは山ほどあるが、混乱している場合ではない。

俺はラウラを援護しつつ、グロッツォに治癒魔術を施す。

「楽にしてください。今、治します」

少しして、背後から鈍い音が聞こえてきた。

驚いて振り向くと、化け物が触手を振り回し、ラウラを凄まじい速度で攻撃しているのが目に入った。

派手な音を立てながらもラウラは触手を受け流し、反撃する。

だが化け物の体についた傷は、蒸気とともにすぐに塞《ふさ》がってしまう。

「なんだ、あれは……」

俺の疑問に答えたのは、グロッツォだった。

「ハァ……あれは執行官だ……化け物になりやがった」

「あれが執行官ですか!?」

一体どんな魔術を使えばあんな姿になるんだ。

いや、今はそんなことはどうでもいい。

明らかにラウラは押されている。技術と動きのキレではラウラが上回っているが、力と速さでは向こうに分がある。押し切られるのも時間の問題だろう。

俺は杖を構える。

「ラウラ、離れろ！」

七層式連立魔法陣『土砲連撃《どほうれんげき》』によって巨大な礫岩《れきがん》を放つが、触手によって簡単に弾かれる。

あの化け物、想像以上に硬い。

だがその隙にラウラが触手の一本を切断する。化け物の体勢が崩れた。それと同時に俺は十三層式連立魔法陣『土槌大撃《どついたいげき》』によって巨大な土塊《つちくれ》を生み出し、上空から叩きつける。

「ママママ術師シシシシシシ」

化け物は体を膨張させ土塊を弾き飛ばすと、俺の方を向いた。

先ほどラウラが切断した触手は、もう再生している。

怖いんですけど。

「コロスススス」

「こ、こっちキタァ⁉」

跳びはねるように接近しつつ放たれた化け物の一撃をなんとか十六層式の結界魔術で防ぐ。

だがそれは、攻撃を受け切るとあっさり割れた。

「ちょっ、タンマタンマ！」

俺は慌てて再び結界魔術を展開した。

化け物は四本の触手でひたすら殴りかかってくる。

「タマタマタマタマ」

「タマじゃねえよ！　タンマだよ」

そんな俺のツッコミを無視して、化け物は結界を砕く。その度に俺は新たな結界を生成する。

だが結界の生成速度より相手の攻撃速度の方が上だ。このままじゃすぐに防御が間に合わなくなる。

くっ、この魔術は本来は使いたくなかったんだが……

「仕方ない、『緊急離脱』！」

三層式の風魔術によって俺は吹き飛びながら後退した。無様な姿で地面に転がる。

この魔術は逃げる時に便利だが、勢いが強すぎて、絶対に術者が地面に転がる羽目になる。だから使いたくなかったんだ。

とはいえ、これで距離は稼げた。俺は後方からラウラに身体強化を施す。

ラウラが再び化け物に斬りかかり、火花が散った。

俺は改めて化け物を見る。異常な強さだ。皮膚は鋼鉄のように硬く、攻撃は矢のように鋭い。

だがラウラと連携すれば倒せない相手じゃないはずだ。

「邪魔マママママママ」

「すこしだまって」

光のように速く鋭いラウラの一撃が、化け物の体に傷を刻む。

ラウラは残像を残しながら蝶のように動き回り、化け物の体を次々切り刻んでいく。

「アガガ、ガガガ」

化け物が苦しそうな声を上げている。ラウラの攻撃速度に再生が追いついていないのだろう。

「効いてるようだな。じゃあ俺も――」

ダメ押しとばかりに俺は三十三層式連立魔法陣『爆裂』を発動する。化け物の身体が、ボコボコと膨らみ、爆発した。

「これでおわり」

そんなラウラの言葉に次いで、眩い閃光が化け物を包む。

彼女は、剣を真横に振るった。光速の一撃は、鋼鉄をも両断する。

胴体を両断された化け物の体は小さく震え、ズルリと地面に崩れ落ちた。

ラウラは剣を鞘に納め、息を吐く。

その様子を見たグロッツォが叫んだ。

「や、やったのか？」

おい。それは言っちゃダメだろ。

「マダダダダダダダダ」

案の定、化け物は起き上がった。

両断された体は原型をとどめずにボコボコと膨らみ続けている。だがその体は元の形にならず、すぐに崩れ落ちていく。もう限界なのだろう。

何かに執着し続けるその姿を見ていると、恐怖より哀れみを感じる。

「もう眠りな」

俺はそう言って、杖を魔物の皮膚に触れさせる。

四十二層式連立魔法陣『白王撃』。

俺の魔力は鋼鉄の皮膚と肉を貫通し、内部に直接ダメージを与える。

「正ギ……セイギダ……」

そんな断末魔を最後に、化け物は崩れ落ち、沈黙した。

膨張した肉は収縮していき、やがて一人の人間の姿に収束していく。

撲魔のシンプソン。

執行官だった奴がこんな姿になった理由はわからないが、ひとまず問題は解決できたのだろう。

「ラウラ、助かったよ」

「ほんと？　ドーマのやくにたてた？」

役に立ったどころじゃない。ラウラがいなかったら殺されていた。

「何言ってんだ。俺の方が助けられてばかりだぞ」

「……よかった」

そう言って、ラウラは笑みを零した。

やはりラウラがいると心強い。

目を瞑っていても合わせられるだろうと思うくらい、連携が取りやすいしな。

「ラウラは本当に俺の大事な……」

「だいじな？」

俺の言葉に、ラウラはどこか期待するような表情を浮かべる。

「戦友という奴だな！」

「……せんゆう？」

ラウラは急に真顔になった。

あ、あれ？　何か変なこと言ったか？


その後、俺とラウラとグロッツォはシンプソンを連れて、フローラに合流した。

クラウスとラリャも、一足先にそちらに合流していたようだ。

経緯を説明して、フローラの意見を聞いてみたのだが、流石の大賢者様でもシンプソンのような事例は聞いたことがないらしい。一体シンプソンの身に何があったのだろうか。

それはさておき、盗賊は全員捕縛され、ラリャも無事だった。村の被害も軽微らしい。良かった。

しばらくするとグルーデンの兵士らが現れて、盗賊たちと、まだ息のあったシンプソンを連れていった。彼らは王都に連行されるはずだ。

盗賊たちは相応の罰《ばつ》を与えられるとして、シンプソンは王宮魔術師によって実験台にされるのだろう。あそこはそういう場所だ。

そしてラリャは事件のあと、無事エルフの里に住むことを許された。

普段は聖泉の側に作られた小屋で暮らし、エルフの戦士が定期的に交流がてら見回りにやってくるらしい。

グロッツォも今回の一件で信頼を勝ち得たからか、特別扱いを受けた。

「これからは交流の時代じゃ。一緒に住めばよかろう」というフローラの一言で、ラリャと一緒に小屋で暮らせるようになったのである。

グロッツォが村から離れることを受け、クラウスは寂しがっていたが、グロッツォがローデシナの雑務も続けると聞くと、途端に元気を取り戻していた。

「この仕事は俺なりのけじめなんでね」

そう言って、グロッツォは今日も村の雑務に励む。その姿を見たクラウスの反応は――

「グロッツォ、お前……頭でも打ったか？」

グロッツォ、改心しすぎてクラウスに怪しまれる件。

9

ラリャの一件が一段落したので、エルフ族との交友を深めるべく俺はエルリンクのフローラの家にやってきていた。

「ほう、これが人族の魔導具か」

俺が渡した魔導具を見て、リーディンが目を輝かせた。

俺はすかさず手揉みしながら言う。

「どれも便利なものですよ。へへへ」

俺がリーディンに渡したのは暖気放出魔導具や、装備した人を周囲から見えなくする指輪――不可視の指輪《インビジブルリング》、そして魔力弾を発射する武器など。

フローラによればエルフ族は魔術への関心が薄く、自称『大賢者』は白い目で見られていたようだ。まあ人族の中でも魔術に感心を持つ人は少ないから、エルフ族に限った話ではないのだが。

とはいえそんな中、魔導具をこうして持参したのは、魔導具を渡してエルフの魔術への関心を高めようという狙い故だ。

「うむ。使わせてもらおう。ところで、フローラに何か言われたかね？」

リーディンの言葉に首を傾げる。

「フローラですか？　特に何も聞いていませんが」

「そうか。何やら急に荷物を纏め出したのでな。てっきり君と一緒に暮らし始めるのかと思ったのだが……」

「……んえ？」

おいおい、フローラはラリャがエルフの村に住んでも問題ないかを見極めるために一時的に家に滞在するだけじゃなかったのか。

慌ててフローラの部屋へ向かうと、パンパンの荷物袋を引っ提げたフローラがにっこにこで「では、これからよろしく頼むのじゃ」なんて言ってくる。

俺は愕然とした。

「一緒に住むとか、全然聞いてないんだが!?」

「ニコラにぜひ一緒に住もうと言われたんじゃが？」

「なんだと……」

う、う～ん、ニコラがそう言うなら一緒に暮らしてもいいのか？　だがこのポンコツが家に住むといつか大惨事が起きそうで怖い。

「ふふ～ん、お主、まさか私と一つ屋根の下で暮らすことに、良からぬ妄想をしているのじゃあるまいな？」

フローラはニヤニヤしながら俺の頬を突いてくる。だが妄想と言われても心当たりはない。

「ん？　妄想？　どんなのだ？」

「え？　い、いやそれはその……あんなことだったりこんなことだったり……」

フローラはもじもじとしながら、目を泳がせている。

何をやってるんだコイツは。

ともあれ、一緒に住むことに関してはまあ仕方ないか。

フローラは魔術に関してはかなりの腕だ。研究仲間を得たと思えばいいだろう。

まだ支度に時間がかかると言うフローラを置いて、リーディンの元に戻る。家に来るのを許す理由を魔術研究のためだと力説すると、何故かポーションを渡された。

ハート型の容器にピンク色の液体が入った、謎のポーションである。

「なんですかこれは」

俺が尋ねると、彼は俺の手を握ってきた。

「これは媚薬《びやく》だ」

「媚薬」

「孫の顔を見るのを楽しみにしているよ」

「孫の顔」

どうやらリーディンは根本的に何か勘違いしているらしい。

二時間かけて誤解を解こうと努力したが、最終的には媚薬ではなく、そういった機能に関する治療薬を渡されてしまった。

いや、別に機能不全とかではなくてだな……もういいや。

面倒くさくなった俺はフローラを呼びに行き、エルフの里を出る。

家に向かう途中、フローラが聞いてくる。

「お主、先ほど父上と話していたな。父上はなんと？」

「……魔術研究に全身全霊で取り組んでくれと」

「くふふ、任せるのじゃ！」

フローラは笑顔で胸を叩いた。

そういうことにしとこう。


だが、ローデシナの家に戻ってくると、ニコラがフローラを見て驚いた顔をしていた。

「え、本当にここに住むのですか⁉」

どうやらニコラの言葉は、ただの社交辞令だったようだ。

ニコラ曰く、エルフは村の慣習もあるだろうし、引っ越してこないだろうと踏んで、思わずそう言ってしまったらしい。ついでに生活する中で物が増えたこともあり、部屋は余っていないとのこと。

フローラは膝をついた。まあ部屋がないなら仕方ない。

俺がそう言おうとした瞬間、フローラは地面に寝転がり、手足をバタバタさせ始めた。

「い、嫌じゃ！　私もここに住みたいのじゃ！　ヤダヤダヤダ！」

「駄々をこねてるのです!?」

ニコラはドン引きしていた。

フローラさん、あなた、大賢者なんですよね……

流石に可哀想になったのか、ニコラは一時間でどうにか部屋を用意し、フローラの入居先が決まった。

フローラは部屋を用意してもらったあと、感涙《かんるい》してニコラに何度も頭を下げていた。そこにエルフの誇りなどない。

そんなこんなで、洋館の住人は七人と一匹になった。とんだ大所帯だ。

これだけ増えると、生活は随分と賑やかになる。

それだけでなく、フローラが来たことで、魔術研究の効率が以前よりも飛躍的に高まった。

最近は研究の時間だけでなく、移動する時もフローラと魔術に関して議論を交わしている。

今日も今日とて、二人で夜の散歩をしているわけだが、話題は専《もっぱ》ら魔術について。

俺が新たに生み出した魔術を見て、フローラは忌憚《きたん》ない意見を述《の》べてくる。

「その魔法陣は効率が悪いのじゃ。七層目と十三層目を削除して新たに魔力伝導の魔法陣を使うことで……」

「いやそうすると安定性が落ちるだろ」

「魔術なんて爆発してなんぼなのじゃ」

「過激派すぎない？」

こんな感じで方向性の違いで解散危機を起こすことは何度もあった。それでも一人で黙々と作業するのと、別方向の視点から意見を取り入れて考えるのでは進展が違う。

王宮魔術師たちと違い、決して保守的にならないのは、フローラの良いところだ。

夜道を歩きながら、ふと気になったことをフローラに尋ねる。

「そういえば、フローラはどうして魔術を極めたいんだ？」

「どうしても何も、格好良いからじゃ」

フローラの精神年齢は割と幼い。

「お主は違うのか？」

別に隠すことでもないので、正直に答える。

「誰かを守るためには力がいるだろ。だからだよ」

「ふ、ふーん」

俺の言葉を聞いたフローラは何故か顔を赤くした。

「何だよその反応は」

「仕方ない、別に守られてやってもいいぞ」

いや別に守りたい人とは、フローラのことではない。

強いんだから自分の身は自分で守りなさい。

俺が守りたいのは家族だ。今は別々の道に進んでいるが、いつかそういう機会が訪れたなら、あの時のような思いはさせたくないのだ。

少しして家に辿り着いた。

部屋に戻ると、何故かサーシャとラウラが脚を組んで待ち構えていた。

二人の表情を見るに、楽しい話ではなさそうである。

俺はビクビクしながら聞く。

「なんだなんだ。急にどうしたんだ?」

「最近、先生とフローラ、一緒にいすぎじゃないかしら?」

サーシャはそう言って俺を睨んだ。

続いてラウラも口を開く。

「まるでみずをえた……なんだっけ?」

「魚よ」

ラウラにサーシャが耳打ちした。聞こえてるぞ。

「そう。みずをさかな」

「水を得た魚のようだとラウラも言っているわ！」

サーシャに半眼を向ける。

「言ってないだろ」

仕込みじゃねえか。

まあでも確かに、最近は魔術にかまけすぎたかもしれない。仕事ばかりで家庭を放棄する夫然《しか》り、一つのことに傾注《けいちゅう》しすぎるのも良くない。

すると、隣にいたフローラが言う。

「それもそうじゃな。新参者《しんざんもの》の私だけが家主を独占するのは良くないのじゃ。迂闊じゃった」

「え？　そういう話？」

もっと家事もやれ。雑用やれという話かと思っていたが、違うらしい。

「やっぱり一緒にいる時間って大切じゃない？　ねえラウラ？」

サーシャはもじもじしながらそう言うと、同意を求めるようにラウラを見た。

「サーシャはいがいとかわいい」

「ちょっと！」

サーシャとラウラは、本当に仲良くなった。

そんな風に俺がぼんやり思っていると、フローラがこちらを見て意外そうな顔をした。

「ほう。お主はすでにラウラとサーシャとは契《ちぎ》りを結んでおるのかと思っておったが、違うのか」

「ないな」

契りの意味はわからないが、とりあえず否定しておく。

「ち、契りって何よ！　大体、結婚は一対一でするものよ。複数人と……とか、そんなのあるわけないじゃない！」

サーシャの言葉に、フローラは首を傾げる。

「そうなのか？　人族は一夫多妻《いっぷたさい》だと聞いておったが」

「……そうなの？」

サーシャはそう口にして何故か俺をジトッと見つめてきた。

確かに帝国は一夫一妻だが王国は……いや。

「もう知らん！　この話は終わりにしよう」

俺は疲れているんだ。

ポケットの中のものを適当に机に放り投げ、ベッドに転がる。

三人からジーッと見られるが、気にしない。

目を瞑ると、ほどよい疲労感と倦怠感《けんたいかん》が眠気を誘う。

「これなに？」

「何じゃ？　ポーションかの？」

そんなラウラとフローラの声が聞こえたが、段々と意識が遠のいて……って！

俺は慌てて飛び起きる。

「ちょ、ちょっと待て！　それは……」

「うむ？」

しかし時すでに遅し。

フローラが小瓶を開けていた。小瓶の形はハート型で、中に入っている液体はピンク色だ。

ポーションはシュワーという音を立て、煙を発生させる。

ま、まずい！

急いで鼻と口を覆うが、クラクラと目が回り始めたかと思えば、身体が燃えるように熱くなる。

視界が暗転する。やがて俺は立っていられなくなり、再度ベッドに転がる。

そして今度こそ俺は意識を手放した。


「……ん？」

チュンチュンという鳥の鳴き声に起こされた俺は、上半身を起こす。

何故か寒い。確か寝る時はいつも、もこもこの服を着ていたはずだが……

己の体を見ると、何故かパンイチだった。

しかも右隣ではラウラがスゥと寝息を立てて眠っている。何故か下着姿だし。

い、一体何が？

頭がガンガンして、昨日のことが上手く思い出せない。

今度は布団の左側がモゾモゾと動いた。

なんだこれ。

布団をめくると、ネグリジェ姿のサーシャが顔を赤くして縮こまっていた。

「こ、この状況、何？」

俺がそう聞くと、サーシャは小さい声で返事をする。

「……てないけど」

「え？」

「……何もやってないけど……」

サーシャは視線を下に向けた。意味深すぎる。

本当に何が……

「まさかフローラも……」

嫌な予感がして周囲を見渡すと、フローラは地べたでぐがーと豪快な寝息を立てて、眠っていた。

普通に寝巻きである。よかった。彼女まで服を着ていなかったらどうしようかと思った。

俺は肩を揺らしてフローラを起こす。

彼女はゆっくりと目を覚ますと、ぼけーとした目で俺を見る。

フローラなら昨日の夜に使われたポーションの効果を詳しく知っているはずだ。

「昨日何があったんだ？」

「んにゃ？　ああ、そうじゃの……昨日は……」

そう言って、フローラは語り出した。

ポーションの煙を吸い、みんなで爆睡した記憶を。

「ん？　それだけか？」

俺が聞くとフローラは頷く。

「うむ。あれは『睡魔の薬』じゃ。使うと質の良い睡眠に誘われるのじゃ。免疫機能を高めて疲労改善をしてくれる代物よ」
リ、リーディンの奴……ややこしいことしやがって。
元気になればそういう機能も回復する、ってことかよ。

ちなみにラウラとサーシャは、いつもあの格好で寝ているらしく、寝ぼけながらも服を脱ぎ、俺の布団に潜り込んだだけだとか。

フローラは悪戯っぽく笑う。

「くふふ、何かあった方が良かったかの？」

「元はと言えばポーション開けたフローラのせいだろ」

「あたっ」

脳天チョップを食らわすと、フローラはシュンと小さくなった。

危なかった。俺は今日もなんとか生き延びたのだ。


二月に入り、寒さは少し和らいできた。雪が降らない日も多く、商人がやってくる頻度も増えた。

『ドーマ・ワイン』の売れ行きが良いため、金は有り余っている。商人が来るたびに物資を購入し、ラリャへの支援や魔術研究に充てている。

今日も今日とてスクロール用の魔紙を商人から買って家に帰ると、いつもの如くフローラが盛大に魔力を暴走させていた。

それも、何故かメイド服を着て。

「ちょっ、何やってんだ!?」

俺の問いかけにフローラはあっけらかんと答える。

「石に精神魔術を行使した上で爆散させると、悲鳴を上げるのかという実験じゃ」

「……ほんとに何やってんだよ」

フローラの魔術実験は基本的に爆発する。

こいつの脳内には検証という言葉がないから、思いついたことをすぐに魔術に移すのだ。

もっとも、俺も魔術が失敗して起こる爆発が好きなので、人のことは言えないのだが。

俺は話題を変える。

「で、なんでメイド服なんか着てるんだ？」

普段の格好とは違い、クラシックなメイド服に身を包んだフローラは、お淑《しと》やかな雰囲気だ。

「男はメイド服が好きなのじゃろう？」

「べ、別に好きじゃないし！」

すみません、大好きです。

フローラの憂《うれ》いのある瞳と煌めく金髪が、見事にメイド服に調和していて、とても綺麗なのだ。

するとそれを悟ったのか、勝ち誇った顔でフローラがお願いしてくる。

「そんなわけで、魔力補充を頼むのじゃ」

なるほど、こいつの狙いはこれか。そのためにわざわざメイド服まで着るとは。

エルフは他者から直接魔力を吸い上げることができるのだ。

そして、どうやら俺の魔力は美味しいらしい。

フローラの作戦通りになるのも癪《しゃく》なので、俺は一応拒否してみる。

「ポーション飲めよ」

「絶対に、嫌なのじゃ」

「あれはまじい」とフローラは断言して、指をスルスルと滑り込ませ、俺の手を握る。

こうすると魔力伝動効率が良くなるらしい。

「うま～」と言いながらにへらと笑い、エルフ耳をぴょこぴょこと動かすフローラ。

自由な奴だが、何故か憎めない。


魔力補充を始めて数分ほど経ったあとで、扉が開いた。

「ご主人様、お客様なのです！」

「ニコラ、ご苦労様」

俺が返事をすると、ニコラは俺とフローラを交互に見据える。

「イチャコラしてる場合じゃないのですよ！」

「してないが!?」と叫ぶ俺を横目に、フローラはニヤリと笑った。

こいつ、手を繋ぐのが目的じゃないよな⁉

フローラを放置して、俺はニコラに付いて玄関に向かうことにした。

するとそこには、見慣れない老齢の男が立っていた。

貴金属をジャラジャラと大量に身に着け、俺を見るなり腰を折る。

「これはこれはドーマ様。初めてお目にかかります。わたくしは商人のソルマー。お会いできて光栄です」

「は、はあ。どうも。で、何の用ですか？」

「ドーマ様に少し頼みたいことがございまして」

ソルマーはニコニコとした笑みを崩さず、自分がグルーデン領主家の嫡男《ちゃくなん》――マスディの遣いであることを告げた。

グルーデン領主家は伯爵だ。

その息子であれば、相当身分は高い。そんな人物が、俺に頼み事なんて嫌な予感しかしないのだが。

「実はエルフ族との執《と》り成《な》しをお願いしたいのです」

「……どういうことですか？　エルフ族？」

俺は首を傾げた。

王国貴族は基本的にナドア教徒――魔族迫害派閥である。下手にエルフの話はできない。

そんな俺の思いを見透かしたかのように、ソルマーは言う。

「警戒なされるのもわかります。しかし、今回我々は、魔族との宥和《ゆうわ》を図《はか》りにきたのです」

魔族との宥和をナドア教徒がしようとするなんて意味がわからない。

俺は慎重に言葉を選ぶ。

「宥和、ですか」

「詳しい話はマスディ様が直接お伝えしたいとのことですので、ついてきていただけますでしょうか？」


村の広場に着くと、そこには仰々しい馬車が並び、大量の献上品が積まれていた。

そこで指示を出している立派な風体《ふうてい》の青年は、俺を見かけるなり駆け寄ってきて、跪いた。

「あなたがドーマ様ですか。私はグルーデン領主家の嫡男、マスディと申します」

領主家の人間が俺なんかに頭を下げるなんて、にわかに信じられなかった。

プライドの高い貴族がたとえ俺を利用するためでもこんな態度を取るなど普通あり得ない。それだけでも、彼が他の貴族たちとは少し違う人物だとわかった。

俺は慌てて顔を上げさせて、言う。

「そ、そんな畏《かしこ》まらないでください」

「ああこれは失礼。かの偉大な首席魔術師様に会えたことが嬉しくて、つい興奮してしまいまして……」

マスディはそれから、俺の王都での仕事を褒めてくれた。

むむむ、なんだ、とても良い青年ではないか！

隣の商人ソルマーも「マスディ様は今日を待ちわびておりました」とか言って、ますます俺をヨイショしてくる。凄く良い気分である。

そんなやり取りがひとしきり終わり、マスディは言う。

「ささ、詳しい話は中でいたしましょう」

マスディに案内され、村で一番の高級店に入る。

そこで美酒美食を堪能したところで、マスディは本題を切り出した。

彼らはつい最近、エルフが大森林に存在することを知ったらしい。昔から魔族との共生、および執行官制度の廃止を考えていたマスディは、これをチャンスだと考え、エルフとの関係改善を領主に直訴《じきそ》。そして領主もマスディの訴えを受け入れ、彼を俺の元へ遣わせた、という話らしい。

俺が大森林でエルフと交流していることを知り、俺にエルフとの橋渡し役をやってもらいたいというのが依頼の概要だった。

「魔族は悪魔ではありません。我々は手を取り合い、ともに豊かな未来を目指していくべきなのです」

そう熱く語るマスディの言葉は、嘘だとは思えない。

権力を持った者が魔族迫害をなくそうと考え、行動してくれるのは、シンプルに良い話じゃなかろうか。

俺は頷く。

「わかりました。前向きに考えてみます」

「おおドーマ様！　ありがとうございます！　我々の手で、明るい未来を作りましょう」

マスディはそう言って、俺の手を強く握った。


早速リーディンにその話をしに行くと、彼も提案を好意的に受け止めてくれた。

とはいえすぐにエルフと人族の交流を始めよう、とは流石にならない。

まずはマスディを含めた少数の人族が、エルフの里に足を運んで、そこから話を広げようということになった。


そして三日後、マスディを乗せた馬車がエルリンクに到着した。

俺も中立な立場で彼らの会談に同席する予定になっている。万が一揉め事になった時のために、フローラやラウラにも付いてきてもらった。

マスディは広間に入り、リーディンの前まで歩くと、膝を突いて頭《こうべ》を垂れた。

伯爵貴族の誠意ある対応を見て、リーディンは神妙に頷く。マスディの敬意は伝わったらしい。

リーディンは座っていた玉座から降りると、マスディに顔を上げさせて言う。

「長旅ご苦労であった。マスディ殿もお疲れであろう」

「疲れなど些細なこと。名誉挽回《めいよばんかい》と、交流を復活させる機会をいただけるとあれば、どこにでも駆けつけましょう」

それから二人は、会談の席に着いた。

最初こそ何かトラブルが発生しないか不安だったが、話し合いは滞りなく進んでいく。

そして会談が始まってしばらくして、マスディは姿勢を正し、真剣な表情で言う。

「……リーディン殿にはぜひ、一度グルーデンにお越しいただきたいのです。我が父も喜んで出迎えるでしょう」

「……ほう」

マスディの提案を受け、リーディンは顎《あご》に手をやった。

だが周囲にいたエルフの面々は、次々に声を上げる。

「族長に危険を冒《おか》せと言うのか！」

「グルーデンは執行官が多いではないか！」

「族長、代わりに私が行きましょう！」

そんな声を、リーディンは手で制した。

とても土下座でゴロゴロ転がってたオジサンとは思えない威厳だ。

「良かろう。私がグルーデンに行くことに意味があるのだろう？」

エルフたちはまたざわめく。

それを見るに、周囲のエルフは反対しているのだとわかる。

だがリーディンの意思は変わらない。

「エルフ族も変わる時が来たのだ。マスディ殿、ぜひ手を取り合っていこうではないか」

リーディンはそう言って、マスディに握手を求めた。

族長の毅然《きぜん》とした態度に、周囲のエルフたちも口を噤《つぐ》む。

リーディンが本気であると、彼らにも伝わったのだろう。

「リーディン殿……！」

マスディは感動したようにそう声を上げ、リーディンの手を強く握った。

こうして会談は終わり、宴会が行われることになった。


宴会の最中も、マスディたちとエルフたちは親しそうに会話していた。

堅苦しい会談が終わった安心から、思わず息を吐き、隣のフローラに話しかける。

「フローラ、上手くいってよかったな」

「うむ。父上もたまにはやるのう」

俺は頷くが……異変を感じる。

先ほどからエルフの長老たちの視線を感じるのだ。なんなら囁き声まで聞こえてくる。

「フローラ様は前々から不思議な方だと……」

「人族の元で暮らすとは、やはり変わり者よ……」

「隣の人族が例のパンイチの……」

里を抜け出したことに対して、周囲はあまり良く思っていなかったらしい。

俺は……うん。パンイチの印象強すぎだろ。

そう思いながら、人目を避けて隅の方で芋虫サラダをついばむ。相変わらず見た目も味も悪い。

「お主はまだペルジョグチョ虫が苦手なのか？　ふふん、まだまだじゃの」

フローラは何故か勝ち誇った顔をしているが、何年経とうと芋虫の良さはわからない気がする。

「これ、正直不味くないか？」

「何を!?　そんなお主にはこれをやろう」

フローラはそう言って紫色の液体が入った小瓶を取り出した。見るからに怪しい。

「なんだ？　これは」

「味覚が三千倍鋭くなる薬じゃ。これでペルジョグチョ虫の良さもわかるようになるじゃろう」

「不味さも三千倍にならないか!?」

ちなみにラウラは無表情で芋虫を丸呑みしていた。

その逞《たくま》しさ、見習いたい。

そんなことを考えていると、リーディンとマスディがやってきた。二人はすっかり意気投合したようである。

リーディンは酒が入っているようで、ふにゃっとした笑顔で俺の手を握ってくる。

「マスディ殿と出会えたのも全てドーマ君のおかげだ。改めて礼を言おう」

「俺は何もしていませんよ」

俺がそう言うと、リーディンは「ははは！　またまた〜〜」なんて言いながら背中を叩いてきた。

隣にいるフローラは呆れ混じりの表情を浮かべている。

フローラはリーディンから視線を外すと、隣にいたマスディに問いかける。

「ところでマスディとやら、父上がグルーデンを訪れた際、もし執行官が襲ってきたらどうするのじゃ？　奴らの権力は独立しておる。暴走することも考えられよう」

マスディは酒を呑んではいないようで、冷静にフローラの疑問に答える。

「それについては問題ありません。実は王国最高顧問の枢機卿《すうききょう》、オズワール様が援助してくださります」

「枢機卿……お主は知っておるか？」

そう言って、フローラは俺の方を見てきた。

俺がそう言うと、ラウラも小さく頷いた。

「名前だけはな」

ナドア教で二番目の地位にいるオズワール卿は、人格者として有名だ。王都にいた時、何かの儀式の際に数回姿を目にしたことはある。ラウラもそんな感じだろう。

「オズワール卿には王宮騎士を派遣していただいたのです。執行官など目じゃありませんよ」

「王宮騎士が？」

マスディは手を二回叩く。すると奥の方から剣士が二人やってきた。

片方はジャラジャラと装飾品を纏い、不敵な笑みを浮かべる派手な茶髪の男。もう一人は小さいながら屈強な筋肉を持った格闘家のように鋭い目つきをした黒い長髪の男だ。

確かに二人とも威圧感のある魔力を放っている。だというのに先ほどまでは気配すら感じ取れなかった。それだけでも、彼らの実力がわかる。

「ボクたちに戦闘はお任せください。麗しい貴婦人を傷一つ付けることなく、お守りいたしましょう」

茶髪の男はフローラに微笑みかけた。

フローラは露骨に嫌そうな顔をしている。

それを横目に、マスディは言う。

「そういえばドーマ様もラウラ様も二人と同じく王宮に仕えているのでしたよね。積もる話もあるでしょう。どうぞごゆっくりご歓談なさってください」

そうして、マスディとリーディンは宴会に戻っていった。

茶髪の男はそれを見届けると、俺を見て、見下すようにへらりと笑った。

「ははは、君たちが『王宮』ですって？　聞いたかシャーレ」

「一緒にしてもらいたくないな。『左遷組』と『栄転組』とをな」

黒髪の男はラウラ、そして俺を一瞥し、呆れたように首を振った。

俺は王宮騎士ではないが、それでも彼らのことは知っている。

茶髪の方が甘いマスクと華麗な戦闘スタイルで人気の『聖貴士ハイル』。

そして黒髪の方が剣術と拳術を織り混ぜて戦う『武帝シャーレ』だ。

どちらも名声と実力を兼ね備えた、騎士団でもトップを争うほどの人物だったはずだ。

「左遷組じゃと？」

そういえばフローラは俺たちの事情を知らないのだった。

ハイルは愉快そうに笑う。

「ははは、知らないのですか。魔術師ドーマと騎士ラウラの二人は王都を追い出され、こんな辺鄙《へんぴ》な場所に追いやられた負け組として、王都では有名なのです」

フローラは俺の方を向く。

「と、お主、こんなことを言われておるぞ？」

「まあなんと言われようと構わないさ」

俺としては今の方が王都にいた時より百倍幸せなので、ハイルの言葉は気にならない。

だが俺の態度が気に食わなかったのか、ハイルは得意気にいわゆる『勝ち組』の話をし出した。

枢機卿の直属騎士として莫大な報酬をもらい、地位も名誉も手に入れたこと。王都の一等地で快適に暮らし、あらゆる宝石もブランド品も思うがままに買えること。

そうしてさんざん自慢話をしたあとで、ハイルはフローラの正面に立った。

「フローラ様。宝石のように神秘的で美しいあなた様にも、ボクの家に一度来ていただきたい。願いはなんでも叶えましょう」

そう言ってハイルは膝を突き、フローラの手の甲に口づけをした。

「い、いや……結構じゃ……」

フローラはめちゃくちゃドン引きしていた。

その姿を見て『武帝』シャーレが鼻を鳴らす。

実はこの二人、そんなに仲良くないのか？

ハイルは「ごほん」と咳ばらいをしてから立ち上がり、俺とラウラを睨んだ。

「とにかく、君たち『負け組』はボクたちの仕事を邪魔しないでくださいよ？　あなたたちのせいで任務を失敗したくありませんから」

シャーレもこちらに鋭い目を向ける。

「これ以上『王宮』の名を傷付けるなよ」

二人は去っていった。

「なんじゃあいつらは！　凄く嫌な奴らじゃったぞ！」

フローラは二人の態度に腹を立てているようだが、俺は特に何も思わない。むしろ懐かしさすら感じていた。

「王宮にいる奴はみんなあんな感じなんだよ」

幼い頃から競争社会を生き抜き、他人を蹴落として這い上がってきた連中だけが、『王宮』の称号を得ることができる。だから性格が多少歪んでしまうのも無理はない。

すると、先ほどから無言だったラウラが口を開く。

「いまの、だれだっけ」

「王宮騎士だぞ。元同僚だろ？」

「わすれた」

そう言って、ラウラは食事のある方へ走り去っていった。

ラウラぐらい強い心を持ちたいものである。

☆

内部を居住用に改造されたエルフの里の大樹。その最上階に、リーディンの声が響く。

「では、行ってくる。留守は任せたぞ、ラーフ」

「……あなた、本当に大丈夫なんですか？」

妃であるラーフは思わず引き止めかけた。

人族とエルフは長年敵対してきたのだ。ラーフの心配は当然のものだった。

しかしリーディンは微笑んで言う。

「大丈夫だ。お前もマスディ殿を見ただろう。彼は信用できる。それに、エルフも内側だけを向いていては時代に取り残されてしまうのだ」

リーディンはマスディの真っすぐな瞳を思い出す。彼が嘘をついているとは、到底思えない。

「以前まではフローラの、他の種族を信じてみるべきだという考えが理解できなかった。だが今ならばわかる。フローラは、我々より数歩先に進んだ考え方をしていたのだ。外に出るには勇気が要る。ならばこそ、最初の一歩を踏み出すのは族長でなければならない」

目を閉じ、リーディンの覚悟のこもった言葉をもう一度脳内で反芻して、ラーフは口を開く。

「……出過ぎたことを言いました。どうかご無事で帰ってこられますよう、祈っております」

「ああ、任せてくれ」

こうしてリーディンは玉座の間を後にした。

残されたラーフは少しして、二回、手を叩いた。

「お呼びでしょうか」

現れたのは、族長に仕えるエルフの戦士だ。

ラーフは彼に命じる。

「……族長を追ってちょうだい。道中何かあれば、必ず私に伝えるのよ」

「はっ」

ラーフの命令を受けて、エルフ族の戦士は部屋を出ていった。

夫を信用していないわけではない。だが、ラーフは胸騒ぎがするのを感じていた。

「杞憂であれば良いけど……」

ラーフは天を見上げ、そう呟いた。

☆

エルフの里とグルーデンは大きく離れている。

リーディンが数人の戦士とともに馬車に乗り込んでから、ローデシナ村に着くまで三日、グルーデンへはさらに二週間を要した。

森を越え、雪原を越え、グルーデンに辿り着いたエルフたちは今、グルーデンの大きな城門を見つめている。

リーディンは言う。

「……これだけの規模の街があるとは。人族と真向から敵対すれば、我々も危うかろう」

その言葉を聞いた彼の側近のエルフが、不服そうにリーディンを見る。

「族長、我々の方が一人一人の能力は上です」

「ふむ。だが戦いにおいて数は重要な要素だ」

リーディンはグルーデンに来るまでの旅路を思い出す。

旅の道中で現れた魔物を、『王宮騎士』はいとも簡単に斬り伏せていた。さらに王国には、あれほどの人材が掃いて捨てるほど存在するという話すら聞いていた。

リーディンは内心で呟く。

（……悔しいが、一人一人の能力すら敵うかはわからぬな。大森林で迎え撃つならともかく、純粋な戦闘であればエルフ族に対抗する力はあるまい）

馬車はガラガラと街を進み、何回も門をくぐり抜け、グルーデンの中央に鎮座する領主館までやってきた。ここがリーディンたちの目的地である。

領主館に入るとマスディがリーディンたちを客間に通し、数々の美味珍味でもてなし始めた。

その中には『ドーマ・ワイン』もある。

「ドーマ……ワイン？　マスディ殿、これは？」

リーディンの質問に、マスディは答える。

「製造者不明の希少ワインでして、キノコの芳醇な香りと数十年熟成せねば出せぬほどのまろやかさが絶妙なのですよ」

リーディンの頭にワインと同じ名の男の顔がちらついたが、数十年の熟成物であれば人違いだろうと首を振る。

魔術師ドーマ。リーディンにとって彼は最初こそパンイチの危険人物だった。

しかし、凄まじい魔術の技量、そして野心を持たぬ心の穏やかさを知ってからは、多大な信頼を寄せている。

（彼が自由奔放なフローラをもらってくれれば、親としては安心なのだが……）

そんなことをリーディンが考えている内に食事が終わり、いよいよオズワール卿と会談する運びになった。

マスディがリーディンに言う。

「リーディン殿、それではそろそろオズワール卿の元へ行きましょうか」

「うむ」

リーディンはマスディに連れられ、オズワール卿のいる大広間へ向かった。

（……オズワール卿。魔族迫害を推し進めるナドア教の重要人物でありながら、我々エルフと共生しようと考えている者か。きっと先進的な考えの方に違いあるまい）

リーディンはそんな期待と緊張を抱きながら大広間に入る。大広間の奥には巨大な玉座があり、そこには帽子を被った男が座っていた。

彼こそがオズワール卿である。

「こちらがエルフ族族長、リーディン殿です」

マスディがそう言うと、オズワール卿は椅子から降り、リーディンの目の前まで歩いてきた。

「よく来られましたな」

オズワール卿がそう言いながら差し出した手を、リーディンが握り返す。

そしてマスディを含めた三者が席に着くと、リーディンは早速本題に入る。

「マスディ殿から話は伺いました。オズワール殿は我々エルフ族と手を取り合いたいと考えているとか」

「ええ、その通り。エルフ族とは、同盟を結びたいと考えております」

「同盟……？　同盟とは、どのような形を想定しておられるのですか？」

リーディンの問いに、オズワール卿は笑みを浮かべる。

「エルフ族に援助と権利を認めましょう。その代わり、エルフ族を数十人、我々の元に寄越してほしいのです」

「……寄越してどうなさるので？」

「各地の貴族に仕えていただきます。そうすれば、エルフ族がどんな種族か、すぐに伝わりましょう」

オズワール卿の言葉に、リーディンは困惑する。

（『エルフ族の権利を認めてやるから数十人奴隷を寄越せ』という話か？　こんなものは共生ではない。一方的な搾取《さくしゅ》だろう）

マスディは慌てて立ち上がり、リーディンの考えを代弁するかのように言う。

「お、お待ちください枢機卿！　それではエルフ族はまるで奴隷扱いではありませんか。我々が目指すのは、エルフ族との共生ではないのですか？」

そんなマスディの訴えを聞いても、オズワール卿は笑みを崩さない。

「マスディ君。君は何か勘違いしていますね」

「か、勘違い……ですか？」

「そうです。エルフ族は僻地を好む、高慢で排他的な前時代的種族。そのエルフ族に我々が手を差し伸べ、社会に迎えてあげているのです。これこそ、まさに共生でしょう」

「な、何を言っているのです⁉」

敬愛するオズワール卿の口から発せられた言葉があまりに差別的だったことに、マスディは驚きを隠せない。

そして、リーディンもエルフを侮辱されたことに、激しい怒りを抱いていた。

（……前時代的種族だと？　高慢だと？　奴隷化が、共生だと？）

だがここでオズワール卿に襲いかかることはエルフ族のためにならないと思い、リーディンは怒りを懸命に堪えながら立ち上がる。

「……枢機卿、これでは話が違う。私は帰らせていただく」

「エルフ族、もう少し利口だと思っていましたが……」

オズワール卿がぼそりとそう呟いたと同時に、兵士が出口を塞ぐ。

リーディンはとうとう我慢しきれなくなり、拳を握りながら怒鳴る。

「何をなされる！　我々エルフ族と戦争をする気か！」

「ふふふ、どちらにせよ、あなたがたを帰すことはできませんよ」

オズワール卿の実質的な宣戦布告の言葉に、マスディは思わず声を発する。

「す、枢機卿！　本気ですか⁉」

「マスディ君、君はもう少し社会というものを勉強した方がいい」

オズワール卿はそう言うと、手を挙げる。

するとと王宮騎士の二人――ハイルとシャーレが剣を抜きながら姿を現した。

それを見てエルフ族も抜刀する。

「ははは、魔族がノコノコとこんなところまで来るなんて、なんと間抜けなことだ！」

ハイルはそう口にして高らかに笑いながら、エルフ族を次々と斬り伏せる。

エルフ族と王宮騎士の実力差は明らかだった。すぐにエルフ族のほとんどがハイルによって斬り伏せられてしまった。そしてリーディンの首元にシャーレの剣先が当てられた。

リーディンは叫ぶ。

「クッ、最初からこうするつもりだったのか！」

オズワール卿はリーディンの言葉を無視し、ニタリと笑みを浮かべた。

「地下牢で丁寧にもてなしなさい」

その言葉を聞いたハイルは剣の柄でリーディンを殴り、気絶させる。

そしてそのままズルズルとリーディンを引きずって、部屋を出ていった。

それを見ていたマスディの口から声が漏れる。

「な、何故こんなことを……」

オズワール卿は、マスディを真っすぐに見つめる。

「いいですかマスディ君。今の社会はエルフと共存するようには作られていないのです。しかし、エルフには価値がある。エルフは、奴隷にしてこそ正しい価値を発揮するのです」

「枢機卿、あなたは一体何を考えているのですか?」

マスディの震え声に対し、オズワール卿はニコリと笑った。

「あのエルフが言った通り、戦争をするのです。エルフ族には敗戦奴隷として働いてもらいましょう」

「な、なんて非道な……」

オズワール卿の高笑いにマスディは呆然と納得が入り混じった心持ちになる。

「ははははははははは」

（……だからエルフ族の族長を招致し、捕らえたのか）

頭を失った組織は、統率を失う。その上で怒ったエルフをグルーデンに攻め込ませることが狙いだったのだ。

大森林は人族が攻め込むには難しい場所だからこそ、彼のやり方はエルフをおびき出す上で最も効率的だと言える。

マスディはオズワール卿に怒りをぶつける。

「あなたは、間違っている！」

激昂したマスディは、背後から忍び寄るハイルの影に気が付かなかった。

首を殴打され、意識を手放したマスディは、地面に這いつくばった。

グルーデン領主家はオズワール卿に支配されていた。領主はすでにオズワール卿に魔術で洗脳されており、彼の言いなりになっている。そして嫡男であるマスディも捕らえられた。

グルーデンの兵士はオズワール卿の指示の元、戦争に備えている。

（いち早く、ラーフ様に伝えなければ）

魔術で姿を隠し、リーディンの様子を隠れ見ていたエルフ族の戦士は、そう心の中で呟くと、里に向かって駆け出した。

☆

俺、ドーマは柔らかな体を、慎重に撫でていた。

「ラウラ、どうだ？」

「んっ、ふわふわしてててへんなかんじ……」

ラウラは小さく息を吐いてそう言った。しかし彼女にとってこれは初めての経験なのだ。慎重にしなければ。

「痛かったら言ってくれ」

「だいじょうぶ。きもちいい」

よかった。俺もそこまで経験があるわけじゃない。痛い思いはさせたくないからな。

そんなことを考えていると、バァンと勢いよく扉が開く。

ノコがイフに乗って、部屋に飛び込んできた。

「そこまでです人間さん、罪ですダメです堕落します」

何故か早口でそうまくし立てるノコ。

意気揚々と登場したノコは俺とラウラを見て……急にしらーとテンションを下げる。

「何してるです？」

「いや、身体強化魔術の改良をしようかと」

俺がそう答えると、ノコは「実につまらないです」と言い残してスタコラサッサと去っていった。

……なんだったんだ。

すると、フローラがくすくすと笑い出す。

「くふふ、実に面妖《めんよう》なキノコじゃ。長らく扉に耳を当てて聞いておったようだぞ？」

「ノコはおませさんだからな」

俺がそう答えると、フローラは聞いてくる。

「で、新たな身体強化魔術は使えそうかの？」

「いや、実用化するにはまだ負担が大きすぎるな」

しかし、ラウラは首を横に振る。

「私はだいじょうぶ」

「大丈夫じゃないだろ。フラフラじゃないか」

俺がそう言うのを聞いて、フローラも苦笑する。

「うむ、まだ先は長そうじゃな……」

化け物との戦いを経て、戦力の底上げの必要性を実感させられた。

あのラウラでさえ単純な力や速さで上回られていたのだ。

もうあんな化け物が現れないという保証はない。

そこで、身体強化魔術の改良に着手したのである。

フローラは少し考えたあとに、再度口を開く。

「しかしこれが成功したら革命じゃぞ。一般的な力しか持たぬ者が、とんでもない力を手にすることができるのじゃから。だからこそ、危うい魔術じゃとも言えるが」

「まあ、現状ラウラにしか使えないだろうけどな」

身体強化魔術は肉体系強化魔術と、神経系強化魔術の二種類に大別できる。

前者は筋肉や身体組織を直接強化し、身体の能力そのものを高める魔術。

後者は神経系を魔力によって刺激し、反応速度や潜在能力を引き出す魔術だ。

本来は剣士や戦士が肉体強化を、魔術師や後衛が神経強化を扱う。

だが、ラウラの身体能力と魔術センスがあれば、両方を上手く使うことができるだろうということで、二つの性質を両立させた身体強化魔術を開発しようとしているのである。

とはいえ現状は四十七層式連立魔法陣を使って発動する難解極まりない魔術だし、元々の素養がある人間でないと使えない上、それも時間制限付きという実用に耐えない魔法なのだが。

「お主は使えなかったのか？」

フローラの質問に対して、俺は指を三本立てる。

「まあ、保って三秒ってとこだな」

フローラは溜め息を吐いた。

そんなタイミングで再び扉がバンと開く。

部屋に飛び込んできたのは、ニコラだった。

「ご、ご主人様、大変なのです！」

「ん、どうした？」

「エルフのラーフ様がお見えなのです」

その言葉に反応したのは、フローラだ。

「母上が？　人里を訪れるなど珍しいのう」

フローラと顔を見合わせる。何かあったのだろうか。

ニコラに家に上げるように言って少しすると、窶《やつ》れた姿のラーフが現れた。

寝ていないのだろう、目の下には隈《くま》ができており、弱っている。

彼女は口を開く。

「ドーマ君、フローラ、急にごめんなさいね。頼れるのはあなたたちだけなの。私どうしたらいいかわからなくて……」

混乱している様子のラーフを、フローラが抱きとめる。

「母上、落ち着くのじゃ。ここには母上の味方しかおらん」

「わかったわ……取り乱して申し訳ないわね。それでは用件は彼から説明してもらうわ」

ラーフが手を二回叩くと、彼女の真横にエルフ族の男が姿を現す。

まったく気配がなかった。エルフ族特有の魔術を使っているのだろうか。

男は、ハキハキと言う。

「はっ。事が起こったのは、一週間前のことでございます」

そう言って、男はここ数日であったことを説明してくれた。

オズワール卿の提案が罠《わな》であり、リーディンとマスディが捕まったこと。そして、オズワール卿がエルフを煽り、戦争に引っ張り出そうとしていること。

「ち、父上が捕まっただと……」

説明を聞いたフローラは、唖然としているようだった。

「ええ、そしてつい先日、こんな通知書を送ってきたの」

ラーフはそう口にして、懐から一枚の紙を取り出した。

そこには以下のように書かれていた。

『野心を抱いたエルフ族の長は、卑怯にも交渉を装い枢機卿を襲った。辛《から》くもそれを退けた我々は、長をひっ捕らえ、幽閉した。エルフを十人奴隷として差し出せば許してやる。拒否すれば、族長を血祭りにあげ、里に攻め込み皆殺しにする』

「これを見るなり大老衆は戦争をするしかなかろうと大騒ぎよ。でもこれはきっと敵の策略だわ」

ラーフの言葉に、フローラも同意する。

「うむ、私もそう思うぞ。エルフの里は自然の要塞。だからこそ、そこから引きずり出してひっ捕らえようという狙いじゃろうな」

それが本当であるならば、卑怯にもほどがある。

だが、こういう時に冷静を欠いては、できることもできなくなる。

俺はゆっくりと言葉を紡ぐ。

「それが事実だとして、これからどうするのかアイデアはあるのか？」

そう尋ねると、フローラは意を決したように立ち上がった。

「父上を助けるのじゃ。戦争になる前にの。それしかあるまい。こんな時のために魔術を極めてきたのじゃ。一人でも私は行くぞ！」

フローラは本気だ。だがフローラ一人が救出に向かったところで、飛んで火に入る夏の虫だ。

「フローラ、力はひつよう？」

当然のようにラウラはそう尋ねた。

フローラは驚いたように一瞬目を見開いたが、すぐに渋面《じゅうめん》を作る。

「これはエルフ族の問題じゃ。普段から世話になっておる。これ以上迷惑はかけられん」

「めいわく？　そんなことだれも思ってないよ」

「しかし、これは私の使命なのじゃ。エルフ族の困難をエルフ族が乗り越えないで、どう未来を創れようか」

それは間違っちゃいない。だがエルフ族とオズワール卿の仲介をしてしまった俺にだって責任はある。

何より、仲間であるフローラが窮地《きゅうち》にいるのに、それを見過ごすだなんて、できるわけがない。

「君の使命は俺の使命でもある。それに言っただろ？　俺は魔術を極めたいんだ。そのためにはフローラが側にいてくれなきゃ困る」

「ドーマ……お主……」

フローラは顔をみるみる赤くした。それはもう耳の先まで。

そして急に顔を手で覆うと、うずくまる。

「な、なんだ!?　大丈夫か!?」

「み、見るな馬鹿あ……」

「ええ!?」

今のセリフのどこが彼女を恥ずかしがらせてしまったのか、まったくわからない。

だけど、なんか俺まで恥ずかしくなってくる……。

すると、ラウラとラーフが援護射撃してくる。

「ドーマのすけこまし」

「あらあら、孫の顔を見るのが楽しみね」

「さっきまでの雰囲気どこ行った⁉」

俺は思わず叫ぶのだった。


結局、戦争を防ぐために、少数精鋭でリーディンを救出することになった。

潜入のための支度をしていると、サーシャが部屋にやってきて、ジト目を向けてきた。

「……また私だけ除け者な気がするわ」

「サーシャには情報を集めてほしいんだが、頼めないか？　帝国の間者《かんじゃ》とかグルーデンにもいるだろ？」

「ウジャウジャといるわ」

「ウジャウジャと⁉」

それはそれで大丈夫かグルーデン。

ともあれ、サーシャに情報収集を頼みつつ、俺とラウラとイフ、そしてフローラとクラウスとグロッツォを加えた五人と一匹でリーディンの救出へ向かう。


馬車に揺られながら、クラウスは腕を組んだ。

「いいか？　少数精鋭で大事なのは陽動だ。全員を相手しちゃキリねえからな。俺がグロッツォとそのハイルとシャーレとかいう王宮騎士を引き付けるから、枢機卿はお前がどうにかしろ」

「わかりました。本当に助かります。クラウスとグロッツォも気を付けてくださいね」

「ああ、これがあれば楽勝だ」

そう言ってクラウスが指差すのは、彼が纏うマント。

これ、実は不可視の指輪《インビジブルリング》の改良版なのだ。

以前は霧で体を覆うだけの不可視（笑）の指輪だったが、マント状にして魔法陣も改良することで、本当の意味で不可視を実現したのだ。

……まあ動くと不可視の指輪みたく霧が発生してバレちゃうんだけど。

となると、それを補う作戦が必要になるわけだが、それはクラウスが考えてくれている。

俺は口を開く。

「実行は準備が整い次第、すぐだ！　各自、頼むぞ！」

10

「やっぱりリーディンは牢屋に繋がれているそうよ」

グルーデンのバーにて。

フードを被ったサーシャが声を潜めてそう言いつつ、四つ折りの紙を手渡してきた。

彼女は俺たちより一足先に家を出て、情報を集めてくれていた。それが書かれているのがこの紙ってわけだ。

なんかこういうのって、良いよね。

「領主館の内部情報まで手に入れたのか」

俺が驚き混じりに言うと、サーシャは小さく頷く。

「簡単だったらしいわ」

どれどれ……領主館はそれなりに警備が手厚いが、兵士そのものはグルーデンの駐屯所にいるので陽動作戦を素早く行えば制圧できないわけではなさそう、か。

別にオズワール卿と事を構える必要はない。リーディンを助け、おさらばだ。

そんな風に考えていると、ぽすんとサーシャがもたれかかってくる。

「他に私に手伝えることはない？」

「サーシャには脱出の手はずを整えてほしい。重要な役割なんだ。サーシャにしか頼めない」

「……なら仕方ないわね」

作戦においては戦闘以上に素早く脱出することが重要だ。

指示が上手く、状況整理の速いサーシャは、それを担うのに適任だろうという判断である。

そんなわけで情報と撤退の準備に関しての不安はなくなった。

今度は情報をクラウスに渡し、陽動作戦のための準備を進めてもらおう。

グルーデンには亡霊が出る——冬風祭で耳にした噂話を使う予定なのだ。

☆

王宮騎士の一人『武帝』シャーレは領主館内のだだっ広い部屋で座禅を組み、瞑想していた。

すると、その部屋の扉が叩かれる。

「なんだ。オズワール卿か？」

そんなシャーレの声に答えたのは、予想に反してハイルだった。

「いいや。ここ最近君がやけに考え込んでいるからね。様子を見に来たんだ」

「オズワールからの差し金だな？」

「ははは」

ハイルは笑みを浮かべながら、内心では目の前の堅物を忌々しく思っていた。

『栄転組』の二人は将来の幹部候補だ。しかし、幹部になれるのはそのうち一人である。

ハイルはそんな感情をおくびにも出さず、シャーレの肩をポンと叩く。

「お前の悩みもわかるよ、シャーレ。エルフに対する枢機卿の仕打ちに納得していないんだろ？」

「……」

シャーレは沈黙したが、ハイルはそれを肯定と捉え、話を続ける。

「だが、これは仕事じゃないか。ボクたちの仕事はただ枢機卿に従い、邪魔な敵を成敗するだけ。

悩む必要はない。君は――ボクたちは従ってさえいればいいんだよ」

ハイルはシャーレに寄りそうようなことを口にしたが、当然の如くそれは本心ではない。

彼は内心でほくそ笑む。

（クックック、悩め悩め！　『従え』と言われて盲目的に従うほどこいつは馬鹿じゃない。だがそれによって剣筋が鈍ればヘマをやらかすだろう。いや、さらには枢機卿に盾ついてくればよりいっそういい。そうすればボクの出世は決まりだ）

「オズワールは間違っている。そうお前も思っているのか？」

「シャーレ、君と感じていることは一致しているはずだよ……ま、君も『左遷組』になりたくなければ余計な考えは慎《つつし》むといいよ」

「ああ。俺は王宮騎士としてふさわしくあるだけだ」

「……それでいい」

（そう今は、それでいい。自分の道を信じ切れていない状態で仕事に望めば、いずれボロが出るはずだ）

そう思いながら、ハイルは部屋を出て、自室へ戻る。途中で、外が騒がしいことに気付く。

館の外に出ると、兵士たちが何やらひそひそと話している。

「何かあったのかい？」

「ハ、ハイル様。実はグルーデンの亡霊が出たらしく……」

「亡霊？　ふーん、そういえば聞いたことがあるなあ。怪談でもしていたのかい？」

ここが戦場になるかもしれないというこのタイミングで、そんな雑談をしている余裕があるなんて……と半《なか》ば呆れたハイルに、兵士は驚くべきことを告げる。

「いえ、グルーデンの亡霊が、兵士を数人気絶させて消えたのです」

「消えた……ふぅん」

（まあ怪奇現象なんてのはよくあることだ。特に王宮は愛憎入り乱れた争いも多い。そんな話は日常茶飯事だ。枢機卿に報告するほどでもないだろう）

ハイルはそう結論付けて、部屋に戻った。


だが、亡霊は次の日も、その次の日も現れた。

流石に兵士も怯え、眠れていない者も多いという。

ようやくハイルはオズワールに事態を報告したが――

「亡霊？　その程度、王宮騎士ならばなんとかしろ」

オズワールの対応は、適当そのものだった。

今オズワールは、盛んにエルフの里に間者を送り込んでいる。そして間者がエルフの大老たちの議論が紛糾していると報告してくるのを聞いて、楽しんでいるのだ。

趣味の悪い爺さんだ、とハイルは辟易《へきえき》としていた。

そして、そんなことをしている場合なのか、と考える。

（亡霊がエルフの仕業だとしたらどうだ。枢機卿から領主館の警備を一任されている中で、一つの

ミスが命取り――出世に響く。放ってはおけない）
ハイルは仕方なく兵士とともに、夜更けまで見張りをすることにした。

その夜、館の外に兵士の声が響いた。

「ぼ、亡霊が出たぞ！」

「出たか!?」

風のような速度で現場へ向かったハイルが見たのは、亡霊のようなモヤが兵士を襲っている場面だった。

だがハイルが軽く一太刀浴びせると、モヤは晴れて、コロコロと魔導具が転がる。

「ははは、どこが亡霊だ。誰かが魔導具を使って嫌がらせをしていただけじゃないか！」

ハイルに次いで、他の兵士たちも口々に「本当だ！　亡霊じゃないぞ！」と表情を明るくする。

（大方エルフどもが睡眠妨害でも狙って、夜な夜な仕かけを行っていたに違いない。魔導具は見たことのないものだが……恐らく眠らせる程度のことしかできないのだろう。所詮は後進的な魔族の知恵だな！）

「ふふふ、そうとわかれば無駄に騒ぎ立てることもない。明日はその滑稽《こっけい》な悪戯を見守ってやろうじゃないか」

ハイルはそう口にして、満足げに亡霊の残骸を見下ろしていた。

☆

翌日。

「ぼ、亡霊が出たぞ！」

「なんだ、亡霊か。ははは」

「それ、遊んでやれ！　ははは」

モヤが兵士の一人に襲いかかるが、兵士たちはロクな対応もせず笑いながら見物している。

その脇を、透明マントを被った俺、ドーマたちが通り抜けていく。

無事領主館に潜入し、透明マントを脱ぐ。

まさかこんなに簡単に潜入できるとは思わなかった。

「クラウス、一体どうやったんです？」

俺が聞くと、クラウスは静かに呟く。

「虚を実と思わせ、実を虚と思わせる。兵法の基本だ」

「か、かっけえ」

「全然わかってないだろ」

全然わかってないです。

クラウスは溜め息を吐いてから、俺に何が起きているのかを教えてくれた。

最初に透明マントを使って闇討ちをしまくり、敵に警戒を促す。

そして見回りに来るタイミングを見計らい、闇討ちを止める。今度は魔術で浮かせた魔導具に透明マントを被せ、行軍させて亡霊が大したものではないと植え付ける。

見かけはどちらも同じなので、向こうが油断している状況なら自分たちが透明マントを使って移動したところで、大したものじゃないと敵は判断する、という作戦だったらしい。

そう説明し終えたあと、クラウスは神妙に頷く。

「引き続き俺とグロッツォは陽動を続ける」

俺は「ええ、ご武運を！」と返し、彼らと別れた。

それからはラウラ、フローラ、イフを連れて地下牢へと続く通路を進んでいく。

地下牢にリーディンが繋がれているとサーシャのメモにあったからだ。

道中、何人か兵士と出会ったが、瞬く間に眠らせ、あっと言う間に地下牢に辿り着いたが――

「い、いない？」

俺の言葉に、フローラが頷く。

「ああ。まさか読まれておったか……」

しかし、ここで立ち止まっている暇はない。

「フローラ、手伝ってくれ」

「うむ、任せるのじゃ」

「『白探知』」

魔力そのものによって地形や人の位置を把握する『探知』とは違い、白探知は魔力を使って起こした大気の揺れ――魔力波を使って探知を行う魔術。

魔力そのものを使う探知と違って、魔術を使用したことを悟られないのだ。

一瞬気を抜けば大爆発するほど繊細な魔術だけどな！

「む、これは参ったのう……どうやら枢機卿の部屋にいるらしいのじゃ。父上に何かけしかけているようじゃが……」

まさかオズワール卿の元にいるとは……こうなれば仕方がない、強奪《ごうだつ》しよう。

オズワール卿を消してしまうか、顔がバレないようにすれば、問題はないはずだ。


俺らは覆面を被り、オズワール卿の部屋に直行する。

その合間合間に「亡霊だ！」「今日はよく出るなあ。平和だ」なんて腑抜けた声が聞こえてくる。

陽動は上手くいっているようだ。

オズワール卿の部屋の前まで辿り着くと、何やら話し声が聞こえた。

「シャーレ、お前が生き残りたければ早くエルフの腕を削ぎ落とせ」

「……」

もはや一刻の猶予《ゆうよ》もない。

扉を豪快に破壊し、魔術で土煙を立てながら部屋に突入した。

「何が起こった！　ええいハイルはどうした！」

オズワール卿の怒鳴り声が聞こえるが、無視してリーディンの元へ駆ける。

リーディンは、シャーレによって剣を突きつけられ、苦しそうな呻き声を漏らしていた。

……よりにもよって王宮騎士だ。

だが、ここで時間をかけたくない。

「ラウ……覆面Ａ！」

「ん」

俺が合図すると、覆面Ａ――もといラウラがシャーレに向かって駆けていき、剣を振るう。

いくら『武帝』といえどもラウラの一撃を片手間で受け止めることはできない。

リーディンは解放され、その隙にイフに乗ったフローラが彼を回収し、部屋を脱出。

俺はオズワール卿を岩で囲み、時間を稼ぐ。

背後ではラウラとシャーレが派手に打ち合う音が響く。

その合間に二人の会話が聞こえてきた。

「エルフを助けに来たのか？『王宮』であるお前たちが、何故……」

「エルフはともだち」

「……ッ」

剣を打ち合わせる音が止んだ。

もう決着がついたのかと驚いて振り向くと、シャーレは剣を下ろしていた。

ラウラは困ったように俺を見つめる。

何があったのかと不審に思っていると、シャーレはラウラでなく、俺に声をかけてきた。

「協力しよう、魔術師ドーマ。この『武帝シャーレ』の名にかけて、エルフを逃がすと誓う」

「な、なんだって？」

急にシャーレは反旗《はんき》を翻した。

どうしたというのだ。というかせっかく覆面を被ってきたのに、正体バレてたんかい。

「悪いけど、信用できませんね」

「信用しなくてもいい。俺は、俺の正しいと思う行動をするだけだ」

……これも罠なのか？

そう思いながらも慎重に尋ねる。

「何故オズワール卿を裏切るんです？」

「『王宮』の名を汚しているのはどちらか、考えただけだ」

「ドーマ、信じていい」

ラウラが頷く。直感を外したことのない、彼女がだ。

……迷っている時間が勿体ない、か。理由はわからないが、敵が減るならぜひもない。

俺は部屋を出ようと踵《きびす》を返して――

「ふふふ……待つんだ、ドーマ君」

誰かに後ろから肩を掴まれた。

まさか、オズワール卿か!?

しかし、何重もの岩と結界で囲んで、簡単には出られないようにしたはずだが……

ラウラがこちらに歩き出そうとするのが見える。

「ドーマ……」

「……いや、先に行け。リーディンを逃がすんだ」

「わかった」

ここで全員が足踏みするわけにもいかない。ラウラやシャーレは先に行かせねばな。

もしこれが分断を狙った作戦だとしても、王宮騎士二人でどうにかならない相手などいまい。

そう考えていると、後ろから楽しげな声がする。

「ふふふ、君は実に利口だ」

「……エルフが逃げますけど、いいんですか？」

「エルフなどどうでもいいのだよ」

部屋全体の土煙が一気に晴れた。

振り返ると、そこには髭を生やした老人が立っている。

オズワール卿だ。間違いない。

彼は俺を見つめて言う。

「君と話がしたい」

「俺は話したくないですがね」

「まあ、座れ」

真後ろに突然椅子が現れたと気付いた瞬間に、俺は着席していた。

今のは一体なんだ……？　何かの強制力が俺を動かしたようだ。

「……何のつもりです？」

「言っているだろう。話がしたいと。私は君を待っていたのだ」

「エルフと戦争するつもりでは？」

「ははは、エルフとの戦争など、前座に過ぎない。私は君と話したかった。君が五歳の頃から、ずっと見ていたのだ」

五歳といえば、俺が師匠に弟子入りした頃だ。まさか師匠がオズワール卿と関係があるとか……？

オズワール卿は気味の悪い笑みを浮かべて、俺の目を一心に見つめている。

正直怖い。ストーカーされてる気分だ。だがそれだけで引き下がるわけにもいかない。

「前座？　エルフが差し出した手を踏みにじったのが、前座だって言うんですか？」

「ははは！　そうだ。だがおかげで君とこうして話す機会を得た」

ダメだコイツ。話が通じそうにない。

オズワール卿は続ける。

「実はねドーマ君、私は全てを覆《くつがえ》すつもりなんだ」

「は？」

「今の王国は腐っている。なんせこの私が枢機卿だ！　ハハハ！」

そこでオズワール卿は一度言葉を切り、こちらに右手を差し出す。

「私は君を非っっっ常に、買っている。君が望むなら、私に与えられるものであれば全てを用意しよう。どうだね、私とともに歩まないかね？」

俺は口の端だけで笑う。

「俺も見くびられたもんだ。そんな汚い手、こっちに向けないでくれよ。俺まで腐る」

「……交渉決裂のようだな」

オズワール卿は立ち上がる。

俺も同時に、立ち上がった。

その途端、オズワール卿は剣を抜いて斬りつけてくる――が遅い。

容易に躱し、魔力弾を当てて吹き飛ばす。

オズワール卿は藁人形《わらにんぎょう》のように軽く吹き飛び壁に激突。血反吐《ちへど》を吐いた。

あまりにも弱すぎる。そんな奴が先ほどの拘束を脱したとは思えないが……

オズワール卿は口を開く。

「ぐふっ、良い魔力だ。もっと、もっと見せてくれ……！」

「……ッ!?」

その瞬間、オズワールの顔面が真っ二つに割れた。いや、顔面だけではない。全身が陶器のようにガラガラと割れ、中から数十万もの触手がニュルニュルと這い出てくる。

触手は一本の太い柱となり、天井を突き破り、空へ向かって伸びていく。

「な、なんだこれ」

ウネウネと蠢く触手が増幅し、ひと塊になった。そして、巨大な何かに変貌していく。

大きい。大きすぎる。

それは領主館を丸ごと呑み込むほどに巨大な、獣に変化した。

飢えた肉食獣のような相貌。家を一口で噛み砕けそうな牙。雲をも裂く鋭い爪。

あえて既存の言葉で表すなら巨大な狼の半身、といったところだろうか。

そして、そいつの黒色の毛に覆われた背中からは、鋭利で太い触手が四本伸びている。

「ウ……ヴオオォォォォ……！」

巨大な狼の半身——怪物は、耳をつんざくような咆哮を上げた。

地面が揺れ、暗雲とした魔力が漂う。

怪物は、身体を構成する触手を脈動させながら、建物を薙ぎ払っていく。

「嘘だろ……」

俺は思わずそう呟くしかなかった。

☆

時を同じくして、ハイルは慌ててオズワール卿の元へ向かっていた。

彼は混乱の只中《ただなか》にあった。

（あの化け物は一体なんだ。ともかく、ここで失態を犯すわけにはいかない。ボクには守るべき妹が――）


そう思った瞬間、ハイルの目の前に白い虎に騎乗した覆面のエルフが飛び出してくる。

その腕の中には、リーディンが抱えられている。

覆面のエルフ――フローラは呟く。

「……しまったのじゃ」

「族長ともども死んでもらおう……」

そう口にしながらハイルは愛刀を横薙ぎして、フローラを切り伏せる――寸前で、刀が止まった。

ハイルの剣を止めたのは、小さな少女だった。

その少女に、ハイルは問う。

「……『光姫』のラウラ、か。何をやっているんだ？　邪魔するなと言っただろう」

「じゃましてるのはあなた」

「ははは、どちらでもいい！　君がボクに勝てると思っているのかね！」

王宮騎士時代のラウラはあまりに無能だった。

剣は遅く、のろまで軽い。騎士同士の模擬戦で全敗し、あえなく左遷された。

しかし、それは呪いの効果によるものである。

それを知らないハイルは、もう一度剣を振るい――またしても、防がれたことに首を傾げる。

決して切れない雲に向かって剣を振るっているような虚無感を、ハイルは感じていた。

「……なんだこれは」

そう呟くハイルに、ラウラは一歩踏み込みながら言う。

「ハイル、弱くなった？」

そして、ハイルの剣は弾かれた。

カーンと、剣が地面に落ちる音がする。

ラウラの剣が、ハイルの首元に突きつけられる。『光姫』の鋭い視線がハイルの動きを止める。

ハイルは「あっ」と情けない声を上げた。

模擬試合であれば、ハイルは敗北している。しかし、彼は負けを認めなかった。

「は、ははは！　ズルイぞ！　薬でも使って強くなったのだろう。そうに違いない！　王宮騎士の誇りを持たない卑怯者め！」

「……？」

その時、上空から触手の欠片がボトッと落ちてきた。例の気味の悪い怪物から落下したものだ。

ハイルに天啓《てんけい》が降りた。

(『光姫』はズルをしている。ならばボクもズルをすれば良い。恐ろしく強いあの生物を取り込めば、ボクも力を手にできるはずだ！)

ラウラが呆気に取られている隙に、ハイルは触手を呑み込んだ。

それはウネウネとハイルの喉を通り、腹の底に落ちる。

「ははははは、ボクは万能になる！」

瞬間、ハイルの体に全能感が迸《ほとばし》った。魔力は増幅し、筋肉は膨らんでいく。

(これナラ、ボクハカテル)

「ア、アレ……?」

ハイルは己の右腕が硬い外殻に覆われているのに気付き、首を傾げた。

顔を触ると、気色の悪い触手が顔中を蠢いているのにも気付く。

「コレハ、ボクジャナイ」

だが止められない。止まらない。

ボコボコと体が膨らんでいく。肉は裂け、骨は砕け、感覚という感覚が失われていく。

(イヤダ。バケモノにハ、ナリタクナぃ)

「ダ、ダレカ!　コロセ!　コロセ!」

そう叫ぶ間にも自分が自分ではなくなっていくような感覚に襲われ続け、ハイルは身震いする。

「ダ、ダレカ……」

「眠りな、ハイル」

そうシャーレの声がしたと思えば、ハイルの胸部には銀剣が突き刺さっていた。

触手の増幅が止まり、崩れていく。

「俺たちは王宮騎士だ。その誇りを抱いて死ね」

シャーレの声を聞きながら、『聖貴士ハイル』は永遠の眠りにつく。

ああ、ボクは救われたのだ……と安らかに思いながら。

同胞を手に掛けたシャーレは、静かに頭上の怪物を見上げる。

王宮騎士は誇りを忘れてはならない。国を守り、民を守るのが王宮である——シャーレの情念を突き動かしてきたのはそんな想いだけだ。

「俺はあの怪物を倒す。お前たちは好きにしろ」

「ちょっ、なんじゃ勝手に——行っちゃったの」

すぐさま姿を消したシャーレに対し、フローラは呆れた顔でそう零した。

（状況は不明じゃが、まずは父を安全地帯まで届けることが最優先じゃの）

フローラはそう結論付けて、前を向いた。

☆

相変わらず、狼の怪物は二本しかない脚を振るい、破壊を続けている。

それはやがて、少しずつグルーデンの都市部に移動し始めた。

今は中央の領主館にしか被害はないが、もし都市部まで侵攻を許せば、被害は格段に大きくなるだろう。

俺、ドーマは呟く。

「こんな化け物を相手にするつもりはなかったんだけどな……」

だが放置するわけにもいかない。

空間魔術を駆使して上空まで飛び、怪物を上から見ると、巨狼が自我を失ったかのように目につくモノ全てを破壊しているのが見える。

兵士は薙ぎ払われ、建物は粉砕され、地面にはクレーターがいくつもできている。

「デカすぎるな、こりゃあ……」

いつか、巨大化イフと闘った時を思い出す。だが怪物は、イフよりも数倍、いや数十倍は大きい。

そう振り返りつつも、二十九層式連立魔法陣『水光球《すいこうきゅう》』を怪物に向かって放つ。

超高密度のエネルギーを、水球の中に閉じ込め爆発させる、破壊力に特化した魔術だ。

地響きのような巨大な音と、爆風が周囲に広がる。

頭部に巨大な穴を空けられた怪物は、怒り狂ったように吠える。

「ヴオオオオォォォォォォ!!」

しかし、ダメージを与えられたか、と思ったのも束《つか》の間《ま》。

触手が欠損部を覆い、みるみるうちに穴は塞がれてしまう。

……ちまちま攻撃しても意味がないな。こうなったら接近戦だ。

「げっ」

どうやら怪物は、俺に気付いたようで触手を伸ばしてきた。

俺はそれを結界魔術で防ぎつつ、怪物に接近する。

とはいえ結界で守るだけでは厳しい。三十三層式連立魔法陣『爆裂』によって触手を爆散させ、体を削る——が、それもすぐさま修復されてしまう。

ゴォォォオオという凄まじい風切り音とともに、巨腕が振るわれる。

まともに受ければ死ぬ。

そう予感し、風魔術を使って全力で横に移動する。

なんとか躱したものの、腕を振るったことによって発生した暴風によって、後退させられてしまった。

……クソッ、打つ手がない。

「それで終《しま》いか、ドーマ」

気付けば『武帝』シャーレが領主館の屋根に立ち、俺を見上げていた。

彼の長い黒髪が、風で揺れている。

ラウラはどうした？　フローラは？　リーディンはどうなった？

そんな俺の内心を見透かすように、シャーレは腕を組みながら頷く。

「エルフは無事だ。光姫が今頃送り届けているだろう」

俺は触手を躱しながら、シャーレを警戒した。

「それは良かった。それで、あんたは何をしに来たんです？」

ただでさえ怪物でお手上げなんだ。王宮騎士を相手にするのは、正直無理だ。

だがシャーレは剣を、俺ではなく怪物に向けた。

「俺はただ『王宮』の矜持《きょうじ》をもって使命を果たすだけだ。この街が破壊される前に、アイツを止める」

「……それは心強いですね」

「頼りにしてくれて構わない」

そう言ってシャーレは怪物に飛び込んでいった。

彼と怪物が衝突する寸前、シャーレの体から衝撃波が放たれ、触手が粉砕される。

そしてその勢いのまま振るわれた剣が、怪物の巨体にパックリと大きな斬り傷をつけた。

それに慌てたのか、すぐさま触手がシャーレを襲う。

しかし、シャーレはそれを尽《ことごと》く跳ね返す。

流石は『武帝』。単純な戦闘能力で言えば、ラウラより上だ。

彼が現れたことで、一縷《いちる》の希望すらなかった戦場に、光が見出せる。

俺は三層式連立魔法陣『光柱矢《こうちゅうし》』で矢の形をした光線を大量に生成し、時間差で放つ。

それと同時に、肉体強化魔術をシャーレに施した。

シャーレの動きが、一段とキレを増す。

光の矢に焼かれた怪物を、シャーレの打撃と剣撃がさらに切り裂く。

「……王宮魔術師というのは凄まじいな」

「偶然ですね。俺も王宮騎士に対して同じことを思ってますよ」

しかし、流石にこれで決着とはいかなかった。

「ヴォオ！　ヴォオオオオオ！」

そう叫びながら振り回された怪物の巨腕は、しかしシャーレにも俺にも当たらない。

肉を削り、爪を削り、顔を削り、触手を削る――それが五分ぐらい続いただろうか。

ボロボロと怪物の体が崩れ始め、触手が落ち着きなく蠢き始める。

――あともう一押しだ！

そう確信した瞬間、怪物は突如巨体を震わせた。

異変をいち早く察知したシャーレが叫ぶ。

「マズい、触手が民家に刺さるぞ！」

「くっ、本体は頼みます！」

化け物はこのままこちらと戦い続けるより、戦力を分散させた方がよいと踏んだのだろう。

触手を針状に変化させて、都市部目がけて放った。

あんなもんが街に降り注げば、ただでは済まない。

俺は魔力を振り絞って巨大な結界を怪物の周囲に展開し、針を受け止めようとした。

だが、流石に全てはカバーできない。

取り零した針は都市へと向かい、衝撃と爆風を伴って家や人々を吹き飛ばした。街が炎上する。

……クソ！　全ては守れなかったか。

忸怩《じくじ》たる思いで街を見ていると、シャーレの声がする。

「ドーマ、何をしている！」

「しまっ――」

街を攻撃したのは、いわば陽動。

目の前に触手が迫っていた。

慌てて防ごうとするが、もはや魔力が残っていない。

うねる触手は俺の腹を抉った。

俺の体には、ほとんどの怪我や傷を自動的に治癒できるよう魔法陣が刻み込まれている。

だがそんな魔法陣だって、魔力がなければ発動しない。

俺はただただ、落下していた。

地面が近付く。このままでは本当に……死ぬ。

微かな魔力で風魔術を発動させて衝撃を殺し、どうにか地面に軟着陸した。

しかし、薄らと意識が遠のいていく。体の感覚がない。誰かが遠くで叫んでいる……

「『天上治癒《オーバーヒール》』！」

そんな声と腹に感じる正体不明の温かさのおかげで、俺は現実に意識を引き戻された。

……どうやら俺は死なずに済んだようだ。

気付けば腹の穴は塞がり、全身に刻まれた魔法陣が発動している。

隣を見ると、フローラとラウラがいる。

二人は俺の顔を覗き込んで、安心したように笑みを見せた。

先ほどの治癒は、フローラが行ってくれたのか。魔力が大幅に回復したのを感じる。

「お主が腹に大穴を空けるほど苦戦するとは……肝を冷やしたぞ」

「ドーマ、大丈夫？」

「あ、ああ。死ぬかと思ったよ」

本当に。今までで一番死を感じたよ。だが、まだ生きている。

フローラとラウラが言う。

「あの怪物は一体何なのじゃ？　流石の私も見たことがないぞ」

「きもちわるい魔力」

俺は首を横に振る。

「俺にもわからない。突然オズワール卿がああなったんだ」

いや、今大事なのはあれの正体じゃない。あれがなんであろうと、選択肢は一つしかないのだ。

視線を怪物の方へ向けると、孤軍奮闘しているシャーレが目に入る。

触手に追われながらも、怪物の体をひたすら削っている。

だが一人では流石に火力が足りないようだ。

俺は二人の方を向いた。

「ラウラ、フローラ。二人とも手伝ってくれ。シャーレと一緒にあれを倒す」

「うん」

「もちろんじゃ……と言いたいところだが、倒す算段はあるのかの？」

「ああ、バッチリだ」

これまでの戦いで、あいつがどういう生き物なのかはある程度わかった気がする。

周りの触手は本体ではない。中央の核のような何かを破壊する必要があるのだろうと、俺は踏んでいた。

そして、それを破壊するための作戦を、二人に伝える。

「準備はいいか？」

俺が聞くと、ラウラは冷静に、しかし力強く頷く。

「ん、任せて」

身体と精神の両方を強化する身体強化魔術『天上強化』をラウラにかける。

完成していない魔術を使うのは不本意だが、仕方がない。

俺は三秒しか保たないが、ラウラなら三分は動けるだろう。

三分以内にケリをつけてもらうしかない。

ラウラは物凄い速度で、怪物に向かって跳躍し、一瞬でシャーレの元へ。

その勢いのまま光速の斬撃を繰り出すラウラに、シャーレは言う。

「ハァハァ……光姫、良い剣筋だ」

「シャーレもがんばって」

「ゼェ……当たり前だ」

シャーレにはもう少し頑張ってもらうしかない。

俺もフローラと魔力共有を行いながら魔術を発動させ、怪物の体を削っていく。

上空で閃光が迸り続ける。

ラウラの一撃一撃が、天光のように煌めいているのだ。

とはいえラウラの動きは速すぎて、もはやサポートは追いついていない。

だが、怪物の修復も同様に追いついていない。

どんどんと触手が削ぎ落とされ――やがて、怪物の中心部が見えた。

核はあの中にある。相当硬い殻に包まれているようだが……

「アレだ。アレが本体だ！」

俺が叫ぶと、ラウラはシャーレを鼓舞する。

「シャーレ、もうすこし」

シャーレは返事する余裕もないようだが、どうにか攻撃を続けてくれている。

再び怪物が体を震わせる。また都市部に攻撃する気なのだろう。

魔力を回復させてもらった上にフローラと魔力共有をしているものの、あの威力の攻撃を全て防げるほどの結界を全面に張る余力はない。

犠牲には目を瞑るしかないか……

そう思っていたのだが、触手は急激に力をなくしたように萎《しぼ》んでいく。

「何が起こったんだ⁉」

フローラが上空を指差す。

「見よ、竜じゃ！」

怪物の上空には、体に苔《こけ》を生やした緑竜が大きく羽を広げていた。

あれは見間違えようのない、キノコックの女王の姿だった。

女王はその威厳のある姿を翻らせ、白い胞子を怪物の上に降らせる。

胞子に触れた途端、触手は力をなくしてボトリと落ちていく。

「あとは終わらせよ」と、女王にそう言われた気がした。

竜は役目を終えると、飛び去っていく。

何故こんなところに⁉　とは思うが、細かいことを気にしている場合ではない。

怪物は動きを止めていた。トドメを刺すなら、今しかない。

俺は空間魔術を使って、怪物の中心部へ飛ぶ。

ラウラの閃光が道を切り開く。

途中で、かろうじて形を保っている触手が行手を阻んできたが、シャーレがどうにか受け止めてくれる。

「一撃で仕留めろ」

「もちろん」

俺は怪物の中心部に手を当てる。

「これで終わりだ」

「ヴォォォ……」

フローラの魔力によってさらに強化された『白王撃』——『白神撃《はくしんげき》』を放つ。

力は殻を貫通し、中央の核へと直接叩き込まれる。

核はヒビ割れ、そして崩れ落ちた。

この世の終わりをもたらす存在かのように猛威を振るっていた怪物は、塵《ちり》と化した。

残ったのは壊滅状態の領主館と、疲れ果てて地面に寝っ転がった俺たちの姿だけだ。

俺、フローラ、ラウラ、シャーレは口々に言う。

「あー！　疲れた。もう二度とやりたくない」

「魔力が枯渇するなんて何十年ぶりじゃ……うぷ気持ち悪い……」

「ドーマ、うごけない」

「ふん『王宮』の名が泣くぞ」

「シャーレも同じじゃないですか」

俺が半眼を向けて言うと、シャーレは視線を逸らした。

「………少し休んでいるだけだ」

そうだな。もう少し、もう少し休もう。

なんて思っていると、瓦礫をかき分けながらサーシャがやってくる。

彼女は心底安心したように言う。

「呆れた。本当に紙一重だったのね」

それからサーシャは俺たちに治癒を施す。

しばらくして、クラウスとグロッツォと……マスディがやってきた。

「まさに英雄と称するのがふさわしい。この街を救っていただき、本当に言葉もありません。ありがとう。本当にありがとう」

マスディは痛々しい傷を負いながらも涙を流し、俺らに感謝を伝えてくれた。

全員の治癒が終わり、俺らはクラウスから被害について聞いた。

領主館はほぼ全壊したが、グルーデンの住人にはほとんど被害はなかったとのこと。

ラウネら冒険者ギルドが、早めに都市部に避難勧告を出してくれていたらしいのだ。

それにしても、オズワール卿はどのような手段を用いてあんな姿になったのだろう。

何を考えていたのか、何の目的があったのかも不明だ。

まぁ、倒してしまった今、それを考えてもさほど意味はないか。

最も大事なのは、この戦いが無事終わったことだ。

マスディに悪意はなかったわけだし、リーディンがしっかり説明さえしてくれれば戦争も起こらず済むだろう。

ひとまず、今はそれだけで良しとしよう。

とにかく疲れた。早く家に帰り、風呂に入りたい。

俺はどうにか立ち上がり、言う。

「帰ろう」

みんなの家に。

11

王都では北部の都市、グルーデンで起きた事件が話題の中心となっていた。

通称『グルーデンの巨狼事件』と市民の間で呼ばれるそれは、国王の耳にも届いていた。

「随分と武帝シャーレが活躍したそうだな、宰相《さいしょう》よ」

「流石は王宮騎士でございますな」

『武帝』シャーレの活躍が際立って伝えられ、『聖貴士ハイル』の殉死《じゅんし》は名誉ある壮絶なものだったと記されている。

しかしそれ以外にも王宮の名を冠する者の中で、名前が挙がった者がいた。

「首席魔術師のドーマも活躍したようだが——」

国王の言葉を遮ってまで、宰相は訂正する。

「〝元〟首席魔術師でございます、国王様。しかし幹部長に歯向かった不届き者など、活躍したとは言ってもたかが知れておりましょう」

「…………そうかの」

国王は宰相の言葉に、あまり納得していない。

彼とドーマに直接的な面識はないものの、良識ある人物が皆、彼を評価しているのを知っているからだ。

加えて、ドーマが楽々こなしていた通常業務に現在の首席魔術師がひどく苦労しているのを見て、国王はその実力は本物だろうと評している。

(彼は将来、王国の柱となる人物だろう。そんな彼が左遷されたと聞いた時には焦ったが、なんとか国内のローデシナに留めておけたのは幸運だった。あの場所は神秘に溢れており、クラウスという私の旧友もいる。彼が力を蓄えるには絶好の場所だ)

ドーマよ。大きくなれ。

国王はそう願うのだった。

☆

一方王国の地下では、秘密結社十二使徒が再び会議を開いていた。

裏世界を牛耳《ぎゅうじ》る面々が集まる中で、第一席に座っている人物が口を開く。

「枢機卿は敗れたのですね?」

「私の情報網ではそう聞いている。武帝は裏切り、聖貴士は死んだという。愉快な事件だ」

第六席に座るモノクルをかけた紳士風の男——タデーがクックックと笑うと、ざわざわと十二使徒にざわめきが広がる。

枢機卿は十二使徒の大敵とも呼べる相手だ。

だが、そんな彼が敗れたということは、それを凌駕《りょうが》するほどの実力者がいたということの証明でもある。

第一席は命じる。

「ティアー。グルーデンはあなたのお膝元でしょう。様子を聞かせてください」

「はい。あれはまさに災害であったと、そう形容すべきでしょう」

第四席に座る蝶の仮面をつけた女――ティアーはまず、触手の化け物の様子を説明した。

一本一本がA級の魔物並の力を持った触手が、数十万本と集まってできた巨狼。

それは大量殺戮《さつりく》を可能とする攻撃力と、鋼鉄の硬さ、そして並外れた修復能力を持っていたのだと、ティアーは滔々《とうとう》と告げた。

「一体どうやって倒したのだ」と面々からそんな声が上がるほどである。

ドーマの戦闘の様子についての説明が終わると、さらに周囲はざわついた。

第一席は神妙に呟く。

「王宮魔術師ドーマに、王宮騎士ラウラ……そしてエルフ族ですか」

それを聞いたティアーは答える。

「彼らに武帝が協力することで、どうにか倒したという感じでした」

それを聞いた周囲から、次々と野次が飛ぶ。

「ドーマがこれ以上力をつける前に殺すべきだ！」

「このままでは我々の野望の邪魔になるぞ」

しかし、第一席は首を横に振る。

「ティアー。あなたの部下のピエロが、彼と接触したのでしょう？　端的に、どうでしたか？」

「説得次第では、味方になる可能性があると思っています」

ティアーのそんな一言に、十二使徒たちは顔を見合わせた。

味方になれば、天をも穿《うが》つ武器になる――が、『説得次第では』というのが最大のネックであることは、流石にこの場の全員が感じていた。

少しの沈黙のあと、第一席が口を開く。

「……この件は保留ですね。そろそろ私たちが計画を実行する時がやってきたようですし」

十二使徒の面々が次々と立ち上がる。

「お、おおそれでは……」

「ついにこの時がやってきた！」

枢機卿は力を失い、執行官は蔓延り、王宮は混乱している。誰もが権力争いに夢中で、有能な人物ほど左遷されている。そんな国に、もはや危機を乗り越える力はない――そう第一席は内心でほくそ笑み、静かに言う。

「ここからは私たちのターンです」

☆

グルーデンでの戦いから一週間が過ぎ、ようやく平和な日々が戻ってきた。

朝風呂を終え、火照《ほて》った体を冷ましながら俺、ドーマが食堂へやってくると、暖炉の近くに座るシャーレの姿が目に入る。

この一週間、彼は俺の家に泊まって治療を受けていたのだが、もうだいぶ良くなったようだ。

シャーレは俺に気付くと、ぽりぽりと頭を掻きながら、こちらへ近付いてくる。

「良い朝だな」

「ええ、もう体の方は大丈夫ですか？」

「療養は済んだ。ここの水は肉体に良い」

出会った頃の刺々しさはどこへやら、今ではすっかり好意的に接してくれる。

シャーレは続けて言う。

「これまでは任務をこなすことが成長に繋がると思っていた。だがドーマ、お前のように回り道をするのも悪くない」

「へへへ、田舎の良さに目覚めたようですね」

「そうだな。肉が美味い」

それはウチだからだ。

だが今度は『エルフの里は野菜が美味い』と聞きつけ、エルフの里に駐在するらしい。

今回シャーレはリーディンを命懸けで守ったということで、エルフたちの心証もいいんだとか。

それにしても野菜だけを理由に移住するだなんて、食い気だけで生きているような奴だ。俺の家のメンバーも似たり寄ったりではあるが。

　エルフと言えば、親エルフ派のマスディは正式にグルーデンの領主となった。

　そんな彼は、再びエルフ族長リーディンと手を結ぶことを模索しているようだ。エルフ大老たちの反発は凄いらしいが、根気よく説得していきたいと語っていた。今度はゆっくりと、様々な方法を試していくらしい。まあ彼なら上手くやるだろう。

　それから五分ほどで、シャーレは荷物を纏めた。

「それでは、世話になった」

「シャーレさんもお元気で」

「ああ。何かあればいつでも頼れ」

『武帝』は俺と握手を交わし、エルフの里へと旅立っていった。

　世の中悪い奴ばかりではない。一度敵対しても、和解はできるのだ。

　そんなことを考えていると、後ろからフローラの声がする。

「随分とすっきりした顔をしておるのう」

「家に帰ると、心が安らぐんだよ」

「そういうものかの」

　フローラはこの家に住み始めてからの歴がまだ浅いからな。

　風呂に入り、美味い飯を食って、柔らかいベッドで寝る。それが一番。

　何かあってローデシナを離れるたびに、そう思うようになってきた。

もはやローデシナ中毒だ。とても王都には戻れない。


部屋に戻って少しのんびりしていると、ニコラとナターリャが洗濯物を運んできた。

「もうすぐ春なのですね」

ニコラは窓の外を見て、眩しそうに目を細めた。

雪溶けは近く、一部では新芽が芽吹いている。

ローデシナの冬は寒く、暗く、冷たい。

だがそんな冬だって、辛いだけのものじゃなかった。

そう思えたのは、きっとみんながいたからだ。

シャーレが言っていたように、回り道は良い。日なたを選んで歩いているだけでは限られた場所にしか行くことはできない。

人生を豊かにするためには日陰を味わう時間も大切なのだろう。

窓を開ける。春の到来を感じさせる柔らかな風が、前髪を揺らす。

庭ではラウラとサーシャが訓練に励んでいる。

近くの木陰ではイフの背中に乗ったノコが寝息を立てて惰眠を貪っている。

俺はそんな平和な風景を眺めつつ、思わず微笑んだ。

春に向けて、今はこの回り道を楽しもう。

ローデシナには心地よい風が吹いていた。

The Record by an Old Guy in the world of Virtual Reality Massively Multiplayer Online

とあるおっさんのVRMMO活動記

椎名ほわほわ
Shiina Howahowa

1〜27

アルファポリス
第6回
ファンタジー
小説大賞
読者賞受賞作!!

累計150万部突破の大人気作
（電子含む）

TVアニメ
2023年10月放送開始！

●各定価：1320円（10%税込）
●illustration：ヤマーダ
1〜27巻好評発売中!!

CV
アース：石川界人
田中大地：浪川大輔
フェアリークィーン：上田麗奈
ツヴァイ：畠中祐　／　ミリー：岡咲美保
監督:中澤勇一　アニメーション制作:MAHO FILM

超自由度を誇る新型VRMMO「ワンモア・フリーライフ・オンライン」の世界にログインした、フツーのゲーム好き会社員・田中大地。モンスター退治に全力で挑むもよし、気ままに冒険するもよしのその世界で彼が選んだのは、使えないと評判のスキルを究める地味プレイだった！——冴えないおっさん、VRMMOファンタジーで今日も我が道を行く！

漫画：六堂秀哉
●各定価：748円（10%税込）●B6判
コミックス1〜10巻好評発売中!!

月が導く異世界道中
Tsukiga Michibiku Isekai Dochu
あずみ圭
Azumi Kei
1~18
8.5
シリーズ累計
350万部
(電子含む)
の超人気作!
TVアニメ第2期
2024年1月から
2クール
放送決定!
月が導く異世界道中
あずみ圭
異世界へと召喚された平凡な高校生、深澄真。彼は女神に「顔が不細工」と罵られ、問答無用で最果ての荒野に飛ばされてしまう。人の温もりを求めて彷徨う真だが、仲間になった美女達は、元竜と元蜘蛛!? とことん不運、されどチート な真の異世界珍道中が始まった!
薄幸系男子の成り上がりファンタジー、開幕!
なんでだろう親の都合で異世界へ
第5回アルファポリスファンタジー小説大賞読者賞受賞作!
待望の書籍化!
月が導く異世界道中
1
あずみ圭
木野コトラ
とことん不運、されどチート!!
シリーズ累計29万部
2期までに
原作シリーズもチェック!
●各定価:1320円(10%税込)
●illustration:マツモトミツアキ
1~18巻好評発売中!!
漫画:木野コトラ
●各定価:748円(10%税込) ●B6判
コミックス1~12巻好評発売中

理不尽に飛ばされた異世界で……

愉快な人外たちと

DIYライフ《悠々自適な》!!

神を自称する男に異世界へ射出された俺、杉浦耕平。もらったスキルは『異言語理解』と『簡易鑑定』だけ。だが、そんな状況を見かねたお地蔵様から、『大地の力』というレアスキルを追加で授かることに。木や石から快適なマイホームを作ったり、強力なゴーレムを作って仲間にしたりと異世界でのサバイバルは思っていたより順調!? 次第に増えていく愉快な人外たちと一緒に、俺は森で異世界ライフを謳歌するぞ!

◎定価:1320円(10%税込)　◎ISBN 978-4-434-32310-2　◎illustration:コダケ

引退冒険者は従魔と共に乗合馬車始めました

著 アマゴリオ Amagorio

イカした魔獣の乗合馬車で

無限に自由な異世界旅！

人あったかい！ 景色すごい！ 野営メシうまい！

おっさんになり、冒険者引退を考えていたバン。彼は偶然出会った魔物スレイプニルの仔馬に情が湧き、ニールと名付けて育てていくことに。すさまじい食欲を持つニールの食費を稼ぐため、バンはニールと乗合馬車業を始める。一緒に各地を旅するうちに、バンは様々な出会いと別れを経験することになり——!?　旅先の食材で野営メシを楽しんだり、絶景を眺めたり、出会いと別れに涙したり。頼れる相棒と第二の人生を歩み始めたおっさんの人情溢れる旅ファンタジー、開幕！

◉定価：1320円（10%税込）　◉ISBN 978-4-434-32312-6　◉illustration：とねがわ

この作品に対する皆様のご意見・ご感想をお待ちしております。

おハガキ・お手紙は以下の宛先にお送りください。

【宛先】

〒150-6008 東京都渋谷区恵比寿 4-20-3 恵比寿ｶﾞｰﾃﾞﾝﾌﾟﾚｲｽﾀﾜｰ 8F
（株）アルファポリス　書籍感想係

メールフォームでのご意見・ご感想は右のＱＲコードから、
あるいは以下のワードで検索をかけてください。

アルファポリス　書籍の感想　検索

ご感想はこちらから

本書はWebサイト「アルファポリス」（https://www.alphapolis.co.jp/）に投稿されたものを、改題・改稿、加筆のうえ、書籍化したものです。

左遷《させん》でしたら喜《よろこ》んで！ 2

王宮魔術師《おうきゅうまじゅつし》の第二《だいに》の人生《じんせい》はのんびり、もふもふ、ときどきキノコ？

みずうし

2023年 7月31日初版発行

編集－彦坂啓介・若山大朗・今井太一・宮田可南子
編集長－太田鉄平
発行者－梶本雄介
発行所－株式会社アルファポリス
〒150-6008 東京都渋谷区恵比寿4-20-3 恵比寿ｶﾞｰﾃﾞﾝﾌﾟﾚｲｽﾀﾜｰ8F
TEL 03-6277-1601（営業） 03-6277-1602（編集）
URL https://www.alphapolis.co.jp/
発売元－株式会社星雲社（共同出版社・流通責任出版社）
〒112-0005 東京都文京区水道1-3-30
TEL 03-3868-3275
装丁・本文イラスト－はらけんし
装丁デザイン－AFTERGLOW
印刷－図書印刷株式会社

価格はカバーに表示されてあります。
落丁乱丁の場合はアルファポリスまでご連絡ください。
送料は小社負担でお取り替えします。
©Mizuushi 2023.Printed in Japan
ISBN978-4-434-32315-7 C0093